MANFRED HELLWEG

Unerwartete
Begegnungen

MANFRED HELLWEG

Unerwartete Begegnungen

Begegnungen die ein
ganzes Leben
durcheinanderbringen können.

Bibliografische Information
der Deutschen Nationalbibliothek:

Die Deutsche Nationalbibliothek ver-
zeichnet diese Publikation in der Deutschen Nationalbibliografie; detaillierte
bibliografische Daten sind im Internet
über http://dnb.dnb.de abrufbar.

Herstellung und Verlag:
BoD – Books on Demand, Norderstedt

ISBN: 978-3-7557-9301-4

Vorwort

Als damals in der Nachkriegszeit viele Familien aus den ostdeutschen Gebieten in meine Heimat, das Ruhrgebiet kamen, sich hier eine neue Existenz aufbauten, habe ich mich gefragt: „Gab es wirklich so viele Rittergüter, Gutshöfe und feudale Anwesen in Ostpreußen, Westpreußen usw.?"

Die meisten beklagten sich, dass sie alles Hab und Gut verlassen mussten und beantragten hier bei den Behörden eine Wiedergutmachung. Das konnte ich nicht verstehen. Die Freundin meines Onkels versuchte auch auf diese Weise für ihre Familie eine Wiedergutmachung für ihren Gutshof in Ostpreußen zu erhalten. Auch eine in der Nachbarschaft lebende Freifrau von . . . . wollte auf ihr Rittergut im Grenzgebiet Polens nicht verzichten.

Dadurch kam ich auf die Idee Nachforschungen über die Herkunft meiner Familie zu stellen.

Unerwartete Begegnungen

Über die vielen Erzählungen meiner Eltern habe ich mir in meiner Jugend noch keine Gedanken gemacht, wenn sie über ihre Vorfahren sprachen. Aus welchem Land ihre Vorfahren auch kamen, hat mich damals auch nicht sonderlich interessiert.

Wenn sie aber so richtig ins Schwärmen kamen, konnte ich in ihren Gesichtern lesen, wie in einem Buch. Je nach Stimmung, lustig, traurig, oder aber auch sehr nachdenklich, die Stimmen und ihre Augen verrieten mir, ob es Sehnsucht oder Freude war.

Hier im Ruhrgebiet, dem Schmelztiegel der Nation, kamen nach dem Zweiten Weltkrieg unzählige Einwanderer aus den umliegenden Staaten zusammen. Ob Flüchtling, Vertriebener oder Einwanderer, jeder brachte aus seinem Land und aus seiner Kultur besondere Merkmale und Angewohnheiten mit.

In der Schule bemerkte ich es zuerst. Später dann, als ich bei den Pfadfindern war, und selbst im Schwimmverein wurde ich mit den oft anderen Mentalitäten konfrontiert.

Auf dem Wochenmarkt hörte ich dieses Stimmengewirr sehr deutlich. Dabei stellte ich fest, dass wohl die meisten Sprachen aus Osteuropa stammten. Mit der Zeit erkannte ich, ob sie polnisch, russisch oder auch deutsch mit östlichem Akzent sprachen.

Für die sogenannten damaligen „Ostgebiete Deutschlands" habe ich mich nie wirklich interessiert. Unter Westpreußen konnte ich mir nichts vorstellen. Ich wusste auch nicht, wo das liegt. In der Schule hatte ich im Geschichtsunterricht wieder einmal nicht gut aufgepasst. Nachdem ich dann aber meine Frau kennengelernt habe und von ihrer Familie erfahren hatte, dass auch ihre Vorfahren aus dem Osten stammten, wurde ich neugierig.

Bei Familienfeiern ging es meistens lustig zu und in fortgeschrittener Stunde merkte man ihnen an, wie tief die Sehnsucht nach der Heimat ihrer Großeltern in ihnen verankert war, mehr als sie eigentlich zugaben.

Lieder in ihrer Muttersprache wurden gesungen, manchmal kamen dabei auch Begriffe, die sie vielleicht schon vergessen hatten, wieder in Erinnerung. Es gab dann meist großes Gelächter, gefolgt von einem Trinkspruch aus der Heimat, den ich damals noch nicht verstand.

Die für mich neue Freundlichkeit und Herzlichkeit kannte ich in meiner Familie nicht. Die Geschwister meines Vaters trafen sich immer abwechselnd mal bei dem einen oder anderen, zum sogenannten *„Gemütlichen Beisammensein“*.

Wir Kinder waren natürlich dabei, hatten fast Narrenfreiheit, während die Männer sich beim Skat mit Bier und Schnaps unterhielten.

Jahre später wurde mir bewusst, dass alle Brüder meines Vaters den gleichen Beruf hatten. Alle waren gelernte Maurer, Polier oder Maurermeister.

Ein Bruder fiel natürlich aus der Rolle. Er hatte sich für den Beruf des Buchbinders entschieden, machte auch seinen Buchbindermeister. Wie sich aber dann herausstellte, hatte er mit dieser Wahl bei seinen Brüdern keine Chance, anerkannt zu werden. Er fühlte sich als Außenstehender, und entschied sich dann für ein Leben in Südfrankreich, weit weg von der Familie.

Wir waren gerade frisch verheiratet, als er wie aus dem Nichts bei uns auftauchte, um uns zu besuchen. Wir waren sehr überrascht über sein Auftauchen, wir kannten ihn überhaupt nicht, freuten uns sogar über seinen Besuch.

Dann kamen seltsame Sprüche wie z. B.: "Warum wir in einer Mietwohnung wohnen und kein eigenes Haus haben."

Mit welchem Recht mischte er sich in unser Leben? Ich hatte meiner Frau von ihm erzählt. Was er von uns wollte, war uns nicht klar.

Er versuchte uns zu erklären, dass alle seine Brüder Maurer waren, und in dieser Zeit sei es normal, dass jeder seiner Brüder ein eigenes Haus sein Eigen nennen könnte.

Gerade sie hätten doch die Möglichkeit, hier und da mal eine Fuhre Steine usw. an entsprechender Baustelle abzuladen. Das machten doch alle so, denn Hilfe unter Brüdern war nicht strafbar. So wären doch viele an ein eigenes Haus gekommen. Aber keiner seiner Brüder sei so clever wie er. Das Wort BETRUG gab es wohl nicht in seinem Wortschatz!

Er hatte wohl damals in unserer Stadt eine eigene Buchbinderei, bevor er nach Frankreich auswanderte. Da ist wohl so einiges schiefgelaufen, denn Frau und Sohn hat er hier zurückgelassen.

Mit zwei seiner Schwestern hat er sich auch überworfen. Eine dieser Schwestern hielt in all den Jahren wohl Kontakt zu ihm, zufällig war das meine Patentante. Nur um diese Schwester machte er sich eigentlich Sorgen. Sie war einige Jahre älter als er, vielleicht war das der Grund.

Ich bekam das Gefühl, dieser Besuch war nicht so grundlos wie es aussah. Was war los mit ihm und seiner Schwester? Welches Geheimnis verband beide? Es konnte eigentlich nur etwas mit der Vergangenheit, seinen Eltern oder Großeltern zu tun haben.

Im weiteren Gespräch erfuhren wir auch, dass seine Vorfahren aus Löbau in Westpreußen, nahe der ostpreußischen Grenze stammten, dort große Ländereien besaßen und diese nach dem Ersten Weltkrieg für immer verloren haben.

Es war das erste Mal, dass ich überhaupt etwas über meine Vorfahren erfuhr.

Unter Westpreußen konnte ich mir nichts vorstellen, von Ostpreußen hatte ich schon gehört, aber ich dachte, das sei eine Landschaft in Polen.

Im Laufe des Gesprächs wurde mein Onkel immer aufgeregter. Er konnte es einfach nicht begreifen, warum seine Geschwister den elterlichen Bauernhof am Rande unserer Nachbarstadt verkauft haben.

Über den Verkauf sei er nicht unterrichtet worden. Seine Lieblingsschwester kannte seinen Aufenthaltsort in Frankreich doch. Den Erlös dieses Hofes hatten sie anscheinend untereinander aufgeteilt, wie sich herausstellte.

Nachdem er mich jetzt richtig aufmerksam gemacht hatte, erinnerte ich mich an einiges. Manchmal sind meine Eltern, mit meiner Oma und mir, mit der Straßenbahn die wenigen Kilometer zu dem Bauernhof gefahren. Dort traf ich auch auf meine Cousins und Cousinen.

Wir hatten viel Freude mit den auf dem Hof lebenden Tieren. Draußen, vor der Scheune, an einem langen Tisch, saßen dann alle und tranken Kaffee, aßen Kuchen und hatten viel Spaß.

Dann kam eine Zeit, da war es mit dem Besuch auf dem Bauernhof vorbei. Warum weiß ich nicht? Es muss mit dem Verkauf zu tun gehabt haben. Wir Kinder wurden nicht aufgeklärt und so haben wir diese Besuche dann wohl auch schnell vergessen.

Als mein Onkel sich dann von uns verabschiedete, übergab er mir noch einige Briefe seiner Schwester an ihn, mit der Bitte, sie aufzubewahren. Er meinte, vielleicht könnten sie mir noch nützlich sein. Ich habe sie an mich genommen, in eine Schublade gelegt, und im Laufe der Jahre total vergessen.

Nach dem Fall der Mauer 1989 bekam ich plötzlich Post aus der damaligen DDR. Sein Sohn meldete sich aus

Zwickau. Bis dahin wusste ich nicht einmal, wo er in der Zwischenzeit geblieben war. Durch die Trennung seiner Eltern hatten wir nie wieder Kontakt.

In meinen Gedanken aber war er immer. Als ich von meinem Cousin ein Lebenszeichen bekam, habe ich ihn eingeladen uns zu besuchen. Im Laufe des Gesprächs kam er sehr schnell auf diese Briefe zu sprechen. Ich fragte mich, wieso wusste er von den Briefen meines Onkels.

Er bat mich, sie ihm auszuhändigen, es seien ja schließlich Briefe seines Vaters. Nachdem ich sie gefunden und ihm übergeben hatte, ging er sehr schnell zu einer im nächsten Ort gelegenen Sparkasse. Was er dort gewollt hatte, hat er uns nicht gesagt, nur dass er uns am nächsten Tag wieder verlassen würde. Und schon war er wieder weg.

Seit dieser Aktion habe ich nie wieder etwas von meinem Cousin gehört. Er verschwand genauso lautlos aus unserem

Leben, wie damals sein Vater. Mit meiner Frau habe ich noch mehrmals über diese seltsamen Besuche meines Onkels und seines Sohnes gesprochen. Wir konnten sie aber überhaupt nicht richtig einordnen.

Oft haben wir auch über unsere Großeltern gesprochen, und uns gewundert, wie verschieden sie waren. Meine Frau hat meine beiden Omas nie kennengelernt. Ich hatte nur meine Oma mütterlicherseits, die mir sehr nah stand, und eine Oma „Stadt", (weil sie in der Innenstadt wohnte) väterlicherseits. Einen Opa habe ich nie gekannt.

Meine Frau dagegen hatte eine Oma, väterlicherseits, jeweils Oma und Opa mütterlicherseits. Der Opa stammte aus Posen, eine Gegend in Polen. Aus einem sehr kleinen Ort, mit Namen Kobelnik, nur einige Häuser und Bauernhöfe.

Mit ihrer Oma und ihrem Opa habe ich mich sofort verstanden. Sie gefielen mir und ich glaube, ich ihnen auch. Wenn ihr Opa von seiner Heimat Polen erzählte, schwärmte er und er bekam meistens feuchte Augen. Seine Freundlichkeit und die Erinnerung an seine Heimat ging mir so zu Herzen, dass ich ihn fragte, ob wir nicht einmal nach Kobelnik fahren sollen, ich würde gerne einmal seine Heimat sehen wollen.

Jedes Mal winkte er ab, kniff seine Augen zu kleinen Schlitzen, und meinte nur, nee Junge, lass mal sein, da ist nichts los. Dabei hätte ich so gerne mit ihm die weite Reise nach Posen angetreten. Ich hatte mir jedenfalls fest vorgenommen ihn immer wieder mal zu fragen und nicht aufzugeben.

Dabei ertappte ich mich, wenn ich in der letzten Zeit nicht einschlafen konnte, verfolgten mich Gedanken, wie mich diese Nachforschungen verfolgten.

Es reizte mich immer, nach unseren Wurzeln zu forschen.

Opa Adam konnte auch so schön von seiner Heimat erzählen. Einige Verwandte lebten noch dort. Meine Frau erzählte mir, immer wenn ihre Großeltern Post aus der alten Heimat bekamen, waren sie fröhlich.

Ihrem Opa zuzuhören, wenn er Geschichten aus seiner Militärzeit erzählte, machte einfach Spaß, er hatte die Begabung alles positiv zu sehen.

Für mich war vieles fremd. Zwei Welten trafen aufeinander. Die Zusammenkünfte in meiner Familie waren meistens emotionslos. Es wurde Skat gespielt, die Frauen saßen in einem anderen Raum und unterhielten sich.

Das hatte ich schon fast vergessen, es war zu lange her. Während es bei den Treffen in der Familie meiner Frau immer hoch herging. Meistens wurden fröhliche Lieder gesungen, aber auch melancholische. Ein Stück Heimat spürte man und alle schienen glücklich.

Für mich war das eine andere Welt, eine ganz besondere Welt, die ich in dieser Form so nicht kannte. Ich erfuhr auch, dass aus der polnischen Verwandtschaft vor langer Zeit einige nach Übersee ausgewandert waren. Niemand wusste genau, wohin, ob in die USA oder nach Kanada.

Erzählt wurde auch, ein Onkel sei nach Jahren wieder in die Heimat zurückgekehrt und hätte dort ein Hotel gekauft, das es bis heute noch geben würde. Bestätigen konnte das aber auch niemand, so blieb es ein Gerücht.

Einige Jahre später, nachdem die Großeltern meiner Frau verstorben waren, haben wir uns dann doch entschieden ihre noch lebenden Verwandten in Polen zu besuchen. Eine abenteuerliche Reise stand uns bevor.

Es war in der Zeit, als in Deutschland laufend Autos geklaut, und meistens nicht wieder gefunden wurden.

Es kursierte das Gerücht, diese Autos wurden von polnischen Diebesbanden am helllichten Tag geklaut und nach Polen gebracht. Wie auch immer!

Die Polizei war machtlos, denn die geklauten Autos wurden oft in Einzelteile zerlegt, so hatte der Zoll keine Möglichkeit den Dieben auf die Schliche zu kommen.

Es wurde aber auch von Banden gesprochen, die diese Wagen direkt am Zoll vorbei nach Polen gebracht hätten. Schauten die polnischen Beamten nicht so genau hin, wenn es für sie erträglich war? Das kann ich nicht glauben!

Große Angst hatte ich um mein Auto, wenn ich mit dem Wagen bei der Verwandtschaft auftauchen würde. Am nächsten Morgen stehe ich eventuell ohne Auto da. Ich wurde aber von den Verwandten meiner Frau beruhigt, als ich ihnen von meinen Bedenken erzählte.

Sie lachten sie mich aus und fragten mich wirklich: „Willst du uns jetzt beleidigen?" Niemals würde mein Auto in Polen abhandenkommen, das würden sie schwören.

Einige haben in den zurückliegenden Jahren meine Schwiegereltern mehrmals besucht. Sie kamen mit einer polnischen Reisegesellschaft per Bus bis in die Nachbarstadt, wo wir sie dann abholten. Ich hatte sie wegen ihrer offenen und unkomplizierten Art in mein Herz geschlossen und neue Freunde gefunden.

Bei den Zusammentreffen ging es immer sehr herzlich zu. Alle verstanden sich gut. Sie hatten uns sogar zu sich nach Hause eingeladen. Meine Bedenken, wegen der Falschinformationen betreffend des Autoklaus, waren aber leider immer noch vorhanden.

Nachdem ich diese dann irgendwann aus meinem Gedächtnis gestrichen hatte, machten wir uns an die Arbeit unsere bevorstehende Reise genau zu planen. Die Fahrt mit meinem neuen Toyota sollte über Berlin, Richtung Polen über den Grenzübergang Slubice gehen, weiter nach Posen. Von Posen waren es nur noch ca. 80 km bis nach Lezno, der Stadt, in der die polnische Verwandtschaft beheimatet war.

Die Reise begann an einem Wochenende, je näher wir der polnischen Grenze kamen, desto voller wurde die Autobahn nach Slubice.

Wir haben einfach nicht bedacht, dass die polnischen Trucker am Wochenende nach Hause fahren und der Verkehr sich an der Grenze staut. Kilometerlange Schlangen und wir mittendrin. Zwar konnten wir auf der 2. Spur einigermaßen vorankommen, doch so schlimm hatten wir das nicht erwartet.

Endlich, nach zermürbendem Warten, fuhren wir in ein uns vollkommen fremdes Land. Die Landschaft hier war ganz anders, als wir es gewohnt waren von den europäischen Ländern. Ich hatte immer noch große Angst, schaute öfter als normal in den Rückspiegel, ob wir nicht verfolgt werden.

Bis nach Posen traute ich mich nicht irgendwo auf der Strecke anzuhalten. Immer mit der Angst lebend, hier überfallen zu werden. Je näher wir aber dem eigentlichen Ziel Lezno kamen, desto ruhiger wurde ich.

Kartenmaterial hatten wir uns vom ADAC besorgt, ein Navi kannten wir nicht und Handys gab es noch nicht. Erstaunlich, in Lezno selbst haben wir uns recht schnell zurechtgefunden.

Nachdem ich allerdings vor dem Haus der Verwandten gestanden war, war ich beruhigt. Es befand sich in einer sehr sauberen, gepflegten und privaten Gegend, alle Gebäude sahen sehr vertrauenswürdig aus.

Mein Auto konnte ich direkt vor ihrer Garage abstellen, so war es für mich gesichert.

Die Begrüßung von Veras polnischer Familie war überwältigend. Andrzej, Milena und Jelena fielen uns um den Hals als wären wir immer schon beste Freunde. Eine unbeschreiblich herzliche Begrüßung. Sie baten uns in ihr Haus und bewirteten uns mit Essen und Getränken, als hätten wir wochenlang gehungert.

Von Veras Eltern und Großeltern hatten wir viel von der Gastfreundschaft ihrer Verwandten gehört, aber dieser Empfang übertraf alles. Die Familienverhältnisse waren uns schon vorher beim Besuch der Tanten in Deutschland erklärt worden.

Tante Anni und ihre Schwester Mila waren direkte Cousinen von Veras Mutter. Tante Anni hatte zwei Söhne und Mila eine Tochter. Sie wohnte allerdings nicht in deren Nähe, sondern außerhalb in einem Mietshaus.

Andrzej zeigte uns ganz stolz erst einmal sein Haus. Bei Betreten des Hauses sah ich ein kleines Schild neben seiner Eingangstür, konnte es aber nicht lesen. Auf meine Frage bekam ich die Antwort, dass er Zahnarzt sei und sich hier in seinem Haus die private Praxis befinde. Das ist in Polen üblich.

Für ihn ist es ein Vorteil, weil seine Kunden, die hierherkommen, ja Privatkunden sind. Jelena schaltete sich ein und erzählte uns, sie würde ihren Vater immer bei seiner Arbeit unterstützen, sie habe ja auch studiert und eine Ausbildung als Dentistin absolviert.

Wenn ihr Papa bei den Patienten feststellt, sie brauchen Zahnersatz, sei sie der richtige Ansprechpartner und kann sofort helfen. Anschließend zeigten sie uns das Zimmer, in dem wir übernachten sollten.

Dabei sagten sie uns wohl -zigmal, dass wir uns wie zu Hause fühlen sollen.

Es war ein lustiger Abend, geredet wurde ohne Unterbrechung. Kein Thema wurde ausgelassen. Ich kann nur sagen, es ist toll, wenn Verwandte sich sofort verstehen.

Während des Gesprächs erzählten wir natürlich auch von unseren vielen Urlauben in den USA. Dass es uns dort immer so gut gefällt, und wir immer versuchten, während des Urlaubs, etwas über unsere nach Amerika ausgewanderten Vorfahren zu erfahren.

Es war mit unseren bescheidenen Mitteln nicht einfach, wirklich etwas herauszubekommen, weder über die polnischen noch über meine Auswanderer aus Westpreußen.

Wir wussten aber auch nicht, sind diese sogar nach Kanada, oder in die USA ausgewandert? Sämtliche Telefonbücher durchstöberten wir, kamen nie zu einem Ergebnis. Plötzlich stand Jelena auf, verschwand, und war für eine geraume Zeit nicht mehr zu sehen.

Als wir uns schon darüber Gedanken machten, wo sie bleibt, stand sie plötzlich in der Tür, hatte ein Bündel Unterlagen in der Hand und meinte: „Hier solltet ihr alles über die Vergangenheit finden. Vielleicht hilft euch das weiter." Legte sie einfach, ohne Kommentar, an die Seite zum Durchsehen.

Durch die vielen Erzählungen aus Veras Familie wusste ich, dass beide Söhne von Tante Anni etwas ganz Besonderes in ihrem Leben sind. Beide Cousinen und meine Schwiegermutter waren etwa gleich alt. Es waren die 1920er Jahre, kurz nach dem Ersten Weltkrieg.

Schon immer spielte der katholische Glaube in Polen eine entscheidende Rolle. Eigentlich gehörte jeder dieser Glaubensgemeinschaft an.

Allerdings war nicht alles so, wie es nach außen hin schien. Es gab dort genau so viele „Schwarze Schafe" wie in jeder Sekte. Es wurde aber immer verherrlicht, damit es ja nicht an die Öffentlichkeit kam.

Veras Großeltern hatten bei einer Feier erzählt, dass ihre Nichte Anni als Magd in einer katholischen, bischöflichen Residenz gearbeitet hat. Eine junge Frau hatte es nicht leicht, in der damaligen Zeit, einen Beruf zu erlernen.

Arbeitete man allerdings bei der Kirche, war alles in Ordnung. In der katholischen Welt ging dann alles seinen Gang. Es konnte einem nichts passieren, man war ja in der Obhut der Kirche. So glaubten jedenfalls alle damals. Und genau das war ein Trugschluss.

Tante Anni wurde vom damaligen Bischof mehrmals missbraucht und geschwängert. Das Resultat war dann Andrzej und sein Bruder Marek, zwei

Jahre jünger. Zufällig wurde er später, wie sein Bruder, auch Zahnarzt. Wir haben damals, als Opa Adam und Oma Agi uns davon erzählten, nur mit dem Kopf geschüttelt und konnten es nicht glauben.

Glauben sah allerdings anders aus! Allerdings haben Tante Anni, als auch Schwester Mila es bestätigt. Noch mehr gewundert haben wir uns aber über die Tatsache, dass der Bischof seine Kinder anerkannt und sogar mithilfe der Kirche dafür gesorgt hat, dass beide einen vernünftigen Beruf erlernten, ja sogar studierten.

Die finanziellen Mittel wurden von der Kirche zur Verfügung gestellt. Unglaublich. Es wurde erzählt, beide Kinder hätten ein fantastisches Verhältnis zur Kirche, und zu ihrem Vater.

Ob das wirklich so war, konnten wir uns nicht vorstellen. Als an diesem fortgeschrittenen Abend die Gespräche intensiver und fast intimer wurden, kam Andrzej mit dem Satz, er sei ein Kind Gottes. Der Gag saß.

Unsere Gastgeber wussten nicht, wie wir darauf reagierten, wir aber wussten sofort was er meinte, konnten zwar wollten aber nicht so reagieren wie sie dachten. Das Ergebnis — alle lachten.

Sogar seine Tochter Jelena lachte, bebachtete uns aber genau. In dem Moment hatte ich sie genau im Blick und war erstaunt, wie genau sie mich musterte. Wusste sie alles? Oder warum hat Andrzej das, scheinbar so locker, in die Runde geworfen? Nach einer kurzen Verschnaufpause ließ Andrzej die Katze aus dem Sack.

Er wusste also nicht, dass wir von den Großeltern schon informiert waren. „Ich habe euren Gesichtern angesehen, dass ihr geschockt seid, aber das braucht ihr nicht zu sein. Es war kein Scherz, ich bin wirklich ein Kind Gottes. Wie ich weiß, seid ihr auch katholisch, aber fallt nicht gleich vom Hocker.", waren seine Worte.

Dann erzählte er uns ausführlich die Geschichte seiner Geburt, und sein Leben in der bischöflichen Gemeinschaft während seiner Jugend. Einiges hatten wir schon gehört, aber eben keine Details.

Wir ließen uns nichts anmerken. Über so viel Offenheit waren wir erstaunt. Niemals hätten wir damit gerechnet. Andrzej allerdings war jetzt in seinem Element. Vielleicht hat der Alkohol ja seine Zunge gelockert?

Frau und Tochter schauten ihn mit großen Augen an, als wollten sie sagen, Andrzej, was ist los mit dir? Er ließ sich aber nicht bremsen, erzählte und erzählte. Auch dass sein Bruder den gleichen Vater, den Bischof habe.

Wir sollten ihn in den nächsten Tagen kennenlernen. Milena, seine Frau, versuchte vergeblich, ihn von seinem einmal begonnenen Geständnis abzulenken. Doch Andrzej ließ sich nicht beirren. Um dem ein Ende zu bereiten, gaben wir vor, total erledigt zu sein von der langen Fahrt und nur noch schlafen gehen zu wollen.

Das klappte auch. Wir gingen alle eine Etage höher, wo die Schlafzimmer waren. Jeder machte sich fürs Bett fertig. Allerdings hatten sie hier oben nur ein Badezimmer. Heilloses Durcheinander entstand, alle liefen immer hin und her.

Dabei war mir gar nicht wohl, was ich hier sah, verschlug mir fast den Atem. Milena und Jelena liefen uns immer über den Weg, hatten dabei keine Probleme fast nackt durch die Gegend zu laufen. Außer einem Slip hatten sie nichts an. Das war ich nicht gewohnt, staunte nicht schlecht, sprach mit Vera darüber, sie schüttelte den Kopf und wunderte sich.

Kaum zu glauben, bei der prüden, katholischen Erziehung! Das kannten wir aus unseren Familien nicht. Hier in Polen scheint doch manches anders zu sein. Nach kurzer Zeit lagen wir in unseren Betten und es war Ruhe. Geschlafen haben wir wie die Murmeltiere, ich brauchte mir ja keine Sorgen, um mein Auto zu machen. Es war gut verschlossen vor Andrzejs Garage.

Am nächsten Morgen wollte ich ins Bad, schon liefen mir wieder die Frauen halb nackt über den Weg. Gestern hatte ich gedacht, der Alkohol machte sie so freizügig und nach einer Nacht der Erholung hat sich das gelegt. Denk`ste, es ging genauso weiter als am Abend vorher.

Wir übersahen das einfach. Nach ausgiebigem Frühstück gingen dann unsere Gastgeber geschlossen in die Kirche, zum Sonntagsgottesdienst. Wir wurden gefragt, ob wir mitgehen wollten, aber nein, wir blieben daheim.

Tante Mila hatte uns doch gestern Abend noch eröffnet, dass wir von ihr abgeholt werden. Sie wollte uns unbedingt auch ihre Wohnung zeigen. Dabei sollten wir doch ihre Tochter kennenlernen. Es war nur ein kurzer Spaziergang zu ihr nach Hause.

Auch hier wurden wir herzlich begrüßt von ihrer Tochter. Sie nahm uns sofort voll in Beschlag und wollte uns gar nicht mehr nach Deutschland fahren lassen. Bei Tante Mila hatten wir sofort den Eindruck, in eine andere Welt einzutauchen. Ich hatte gleich das Gefühl, hier lebt eine Arbeiterfamilie.

Als beide Tanten damals zu Besuch bei Veras Eltern und Großeltern waren, konnte man keinen sozialen Unterschied feststellen. Wir hatten den Eindruck, beide sind aus dem gleichen Holz geschnitzt.

Bei der Familie von Tante Anni spielte sich alles auf kirchlicher Ebene ab. Milas Familie war bürgerlicher und mit Kirche hatten sie rein gar nichts am Hut.

Viele Gedanken über Veras polnische Verwandten habe ich mir nie gemacht, aber hier merkte man, dass die politische Einstellung und nicht die Kirche wichtiger war. Diese hatte nicht den gleichen Stellenwert wie bei der Familie von Tante Anni. Gehört hatten wir lange vorher schon, alle Polen seien sehr christlich, aber eben nicht alle.

Verständlich, wenn man weiß, was Tante Anni und deren Kinder im bischöflichen Kloster passiert war. Für mich allerdings waren viele Sachen ausschlaggebend.

Die Kirche hatte für die Ausbildung beider Söhne bezahlt. Sie hat auch die Geliebte des Bischofs mit bedacht und nicht fallen gelassen. Beide Kinder wussten genau, dass die Kirche ihren Lebensweg mitgestaltet hat. Folglich war Dankbarkeit angebracht.

Zu ihrem christlichen Seelenheil gehörte auch, dass sie seit einigen Jahren einen polnischen Papst in Rom hatten. Kein Wunder also, wenn ein überwiegender Teil der Bevölkerung sich mit der Kirche in Rom verbrüdern konnte.

Milas Seite war anders, bodenständiger. Nach dem totalen Zusammenbruch der Sowjetunion und des Warschauer Paktes übernahm ein polnischer General die Geschicke des Landes. Bei vielen kam Hoffnung auf.

Wojciech Witold Jaruzelski war bis 1990 Staatspräsident und wurde abgelöst von dem Arbeiter- und Gewerkschaftsführer der Solidarność, Lech Wałęsa, ein neuer hoffnungsvoller polnischer Politiker, und Friedensnobelpreisträger.

Zwei Welten, die eine von Mila und die andere von Andrzej, trafen hier aufeinander. Obwohl beide Familien sich mochten und respektierten, ihre Gesinnung war eine ganz andere. Wir merkten aus den Gesprächen, wie unterschiedlich ihre Meinungen waren.

Auf der einen Seite, die Zahnärzte beharrten auf dem Standpunkt, die Gewerkschaften und die neue Staatsführung der Solidarność würden das polnische Volk zugrunde richten. Dagegen hatte die andere Seite nicht viele Argumente, und die spätere Staatsführung zweier Kaczynski Zwillingsbrüder brachten Änderungen. Dadurch hätten alle arbeitenden Polen das Nachsehen.

Uns sollte das eigentlich egal sein. Wir waren herzlich aufgenommen und hatten viel Spaß mit allen. Die wenigen Tage vergingen sehr schnell, aber wir wollten unbedingt noch nach Kobelnik fahren, um den Geburtsort von Opa Adam zu sehen.

Andrzej hat sich dann noch freimachen können und ist mit uns dorthin gefahren. Das war wirklich ein ganz kleiner Ort mit nur einigen Häusern. Eine total trostlose Gegend. Jetzt konnte ich auch verstehen, warum Veras Opa es immer abgelehnt hat, diesen Ort wiederzusehen.

Die wenigen Gebäude zerfallen, da wohnte niemand mehr. Andrzej hatte sogar ein schlechtes Gewissen, als er uns diese heruntergekommenen Anwesen zeigte und entschuldigte sich dafür. Er meinte, das sei nicht das wirkliche Polen. Wir wollten es aber sehen.

Leider konnten wir Opa Adam nicht mehr berichten. Bevor wir wieder nach Deutschland aufbrachen, haben wir Andrzej und seine Familie herzlich in unsere Heimat eingeladen. Was wir zuerst nicht glauben wollten, sie haben sogar spontan zugesagt. Das war ein großes **Halloooooooooooooo.**

Bei unserer Verabschiedung flossen einige Tränen. Sie wünschten uns für den Heimweg eine ruhige und unfallfreie Fahrt, hofften, dass wir uns wirklich in naher Zukunft wieder sehen können.

Nach langer Heimfahrt, endlich glücklich zu Hause angekommen, kamen unsere Gedanken über das Erlebte und

Erfahrene nicht zur Ruhe. Die Unterlagen, die Jelena herausgesucht hatte, haben wir mitgenommen, wollten sie auch kopieren und ihnen wieder zurückschicken. Dazu kam es aber dann doch nicht mehr.

Einige Wochen später erhielten wir die Nachricht, Andrzej, Milena und Jelena wollten uns tatsächlich besuchen. Gefreut haben wir uns wie Bolle und malten uns schon aus, was wir ihnen in unserer Heimat zeigen wollten. Sie waren ja wohl das erste Mal in Deutschland, dachten wir.

Wir überlegten, mit ihnen einmal nach Holland zu fahren. Seitdem wir ein Auto haben, sind wir meistens einmal im Monat nach Arnheim in die Niederlande gefahren.

Nicht, wie es damals hieß zum Tanken, weil Diesel in Holland fast halb so teuer war wie bei uns. Nein, wir haben immer Station auf dem wöchentlichen Markt gemacht, Fritten gegessen oder den so leckeren Matjes.

Die Geschäfte gefielen uns besonders gut, auch die Stadt mit ihren Grachten und alten Häusern. Es war immer ein schöner Tagesausflug, das wollten wir den polnischen Verwandten auch zeigen. Vor dem Fall der Mauer, die Deutschland teilte, hatten sie keine Möglichkeit, die westliche Seite Europas kennenzulernen.

Wir hatten ihnen eine genaue Weg-Beschreibung gegeben, damit sie uns in dem Gewirr der Autobahnen im Ruhrgebiet einfach und schnell finden konnten. Die Freude war groß, als sie bei uns eintrafen. Einige Tage wollten sie bleiben und dabei auch Veras Eltern besuchen.

Veras Eltern fielen aus allen Wolken, wir hatten ihnen nichts vom polnischen Besuch gesagt. Die Überraschung war gelungen. Es gab natürlich auf beiden Seiten viel zu erzählen.

Da Jelenas Großmutter, und ihre Tante, schon einige Male bei Veras Eltern waren, hatten sie keine Probleme mit Andrzejs Familie. Wir sollten nur immer dabei sein, denn Andrzej sprach nur ein paar Brocken Deutsch, Milena fast gar nicht. Jelena hatte zwar Deutsch in der Schule, war aber nicht mehr fit und musste lange überlegen, um die richtigen Worte zu finden.

In Polen ist uns das nicht so aufgefallen, die Tanten waren ja immer um uns herum und übersetzten. Wenn wir Schwierigkeiten hatten, etwas nicht verstanden, unterhielten wir uns einfach in Englisch. Milena und Jelena verstanden uns, nur Andrzej nicht, denn er sprach nur ein wenig Französisch, was wir wieder nicht verstehen konnten.

Diese Unterhaltung war wirklich lustig. Jelena ließ uns wissen, dass sie ihr Deutsch aus der Schule auffrischen und vertiefen wollte. Wir bemühten uns, mit ihr immer nur Deutsch zu reden.

In einer stillen Stunde boten wir ihr an, uns doch einmal zu besuchen, ohne die Eltern, dann könnte sie intensiv mit uns ihr Deutsch verbessern.

Das teilte sie auch ihren Eltern mit und bat sie flehentlich, ihr einen Besuch bei uns zu erlauben. Ich schaute etwas erstaunt zu, konnte nicht verstehen, warum sie ihre Eltern so dringend darum bat. Sie war schon Mitte 20 und volljährig. Eigentlich konnte sie doch selbst bestimmen, wo sie Urlaub machen wollte.

Anscheinend war sie von ihren Eltern sehr abhängig. Sie arbeitete mit ihrem Vater sehr eng zusammen. Wenn zahnärztliche Aufgaben anfielen, war Jelena sofort zur Stelle und konnte in seinem Haus jederzeit sofort die entsprechenden Reparaturen ausführen oder Zahnersatz herstellen.

Ich dachte darüber nach, dass ihre Familie wohl zu den Gutsituierten in Polen gehöre. Sie hatten ein eigenes Haus,

Andrzej die Zahnarztpraxis, Jelena als seine Angestellte ist Dentistin. Milena ging ihrem Beruf als Bibliothekarin nach. Hinzu kam, dass sie ein westliches, französisches Auto fuhren, einen Renault Megane, auch nicht gerade billig. Alles in allem, nicht schlecht.

Langsam verstand ich immer mehr, warum Andrzejs gesamte Familie sich zur Kirche hingezogen fühlte. Die Ausbildung und Unterstützung durch den Bischof hatte das wohl erst ermöglicht.

Wir erfuhren im weiteren Gespräch auch, dass Jelena mit ihren Eltern schon einen Urlaub in Frankreich gemacht hatte, sogar mit dem Auto.

Wie sie das mit der Einreise und den Pässen und der Visa gemacht hatten, blieb mir ein Rätsel. Möglicherweise hatte die Kirche ihre Hand auch hier im Spiel. Das wollte ich gar nicht so genau wissen, es erstaunte mich sehr. Einfach so, ohne Formalitäten, ging das nämlich nicht.

Als wir bei Andrzej in Polen waren, uns auch über Urlaube unterhalten haben, erzählten wir ihnen auch von unseren Ferien der letzten Jahre in Amerika. Ihre Aufmerksamkeit hatten wir dadurch erreicht, vielleicht nicht so emotional wie gedacht, doch alle waren sehr angetan und wissbegierig.

Etwas erstaunt schaute ich in Jelenas Gesicht, war sehr überrascht, denn in ihren Augen war die Fröhlichkeit erloschen. Aufgerissene Augen sahen mich an, als ich sagte, dass wir in Kürze wieder für zwei Monate nach Florida fliegen würden.

Zum besseren Verständnis aller erklärten wir ihnen, warum gerade für ca. zwei Monate. In der schlechten Jahreszeit, wie Oktober und November, wenn es in unseren Breiten meistens nur Regen, Gewitter, Kälte und Schmuddelwetter gibt, also im Herbst, verschwinden wir immer für zwei Monate in die Sonne nach Florida.

Unseren Urlaub in USA hatten wir, wie immer schon im Voraus geplant. Es lagen nur noch drei Monate vor uns.

Ihre Rückreise nach Polen war leider schon in drei Tagen. Mit Jelena konnte ich mich nicht mehr so intensiv unterhalten, wie ich wollte. Ich hatte ihre flehenden Blicke bemerkt, wusste aber nicht genau, wie ich darauf reagieren soll und was sie mir sagen wollte.

In diesem Augenblick tat sie mir leid, denn ich glaubte, gerade zwischen ihr und mir hatte sich ein Vertrauensverhältnis aufgebaut. Ich verstand sie so wie sie war, das merkte sie.

Bei der Abreise drückte ich sie besonders und flüsterte ihr zu, jederzeit könne sie sich an mich wenden, wenn sie nicht mehr weiterwüsste. Vera sah das natürlich, sie schaute mich etwas ungläubig an, ich versuchte ihr dabei mit meinen Augen zu erklären, später, wenn das vorbei ist.

Sie kennt mich genau und ahnte, da ist etwas nicht in Ordnung.

Nur einige Tage später bekamen wir von Jelena die Nachricht, sie hätte sich entschieden und von Andrzej die Genehmigung bekommen, uns noch einmal zu besuchen, um ihre Deutschkenntnisse zu erweitern.

Ob uns das recht sei, wollte sie wissen? Ich hätte ihr doch meine Unterstützung angeboten. Natürlich hatten wir nichts dagegen. Nur die verbleibende Zeit war das Problem. Von den drei Monaten bis zu unserer Abreise nach Florida waren es nur noch 8 Wochen.

Wenn Jelena jetzt zu uns kommt, dachten wir, wird es wirklich etwas knapp mit der restlichen Zeit. Wie lange will sie bleiben? Wir sahen keine Möglichkeit, ihr zu erklären, sie vielleicht bei Verwandten unterzubringen. Ich hatte ihr versprochen, immer für sie da zu sein, also sagte ich zu.

Ich weiß nicht, was mich geritten hat, aber ich konnte ihr die Bitte nicht abschlagen. Kaum bestätigt, war Jelena zwei Tage später mit dem Reisebus am Abholplatz in unserer Stadt.

Ich musste sie nur dort abholen. Die Freude war groß. An Utensilien hatte sie nicht viel dabei. Unsere Wohnung kannte sie nun schon. Sie schlief im Zimmer unserer Kinder, wie kurz vorher mit ihren Eltern. Es war alles in bester Ordnung. Doch am ersten Abend, in gemütlicher Runde, fielen wir aus allen Wolken.

Wir hatten es uns auf der Couch gemütlich gemacht, tranken gerade ein Glas Sekt zum Wiedersehen, da brach es aus Jelena heraus. Tränen flossen über ihr Gesicht und sie schluchzte hemmungslos. In dem Moment wusste ich nicht, wie ich mich verhalten soll. Ich nahm sie einfach in den Arm, um sie zu beruhigen.

Vera warf mir fragende Blicke zu, ich konnte aber nur den Kopf schütteln und hob die Achseln. Nach und nach beruhigte Jelena sich wieder, dann stotterte sie leise vor sich hin, aber leider konnten wir nichts verstehen. Mehrmals setzte ich an und bat sie, ruhiger zu werden und uns ganz langsam zu erzählen, was sie so bedrückte.

„Ich wurde schon einige Male missbraucht, aber das dürfen meine Eltern nie erfahren. Sie glauben mir das nicht und schlagen mich tot. Bitte, bitte, versprecht mir, ihnen nichts zu sagen", waren ihre leisen Worte. Mir fiel fast das Glas aus der Hand, so betroffen war ich.

Vera konnte im ersten Augenblick auch nichts sagen. Wir versprachen ihr natürlich sofort, diese Neuigkeit niemandem zu erzählen.

Nach einigen weiteren Weinkrämpfen beruhigte sich Jelena dann doch. Langsam, aber immer noch zittrig, versuchte sie uns zu erklären, was ihr einige Jahre zurück passiert ist.

Wie ich vermutete, hatte es mit dem Bischof zu tun. Als sie 14 Jahre alt war, fing alles an. In den Ferien machte sie mit ihren Cousinen und Cousins im bischöflichen Schloss Exerzitien. Ihre Eltern fanden das toll.

In der kirchlichen Gemeinschaft waren sie wohlbehütet. Kein Wunder, dass sie so dachten, sie hatten bisher nur Gutes von der Kirche erfahren. Wenn man bedenkt, ihr Vater Andrzej war ein Kind Gottes, wie er selbst sagte. Und in all den Jahren hatte die Kirche ihre schützenden Hände über die Familie gehalten.

Bis dahin hatte Jelena überhaupt keine sexuellen Kontakte, erzählte sie uns. In ihrer Gruppe wurde oft darüber gesprochen, wie es denn sei und wie es sich wohl anfühle, falls es einmal dazu kommen würde.

Aber genau hier im Schloss kam es zur ersten Berührung durch einen jungen Diakon, auf den alle Mädchen ihre Augen geworfen hatten. Sie wollte das eigentlich nicht, aber warum sie sich nicht so richtig gewehrt hatte, konnte sie uns nicht sagen. Es war einfach passiert.

Im Nachhinein sagte sie, fand sie es nicht schön und es waren unerwartete Schmerzen. Sie traute sich aber auch nicht, ihren Freundinnen davon zu erzählen, das wäre eine Katastrophe geworden. Sie hätten Jelena sofort verstoßen.

Glauben würden sie es vielleicht auch nicht. Wenn das rauskäme, dürfe sie sich zu Hause nicht mehr blicken lassen. Außerdem wäre das eine Blamage für die Familie. Exerzitien wären für alle Zeiten tabu. Die Kirche würde alles abstreiten, da hätte sie sich gleich aufhängen können! So hat sie es niemandem gesagt und es in sich hineingefressen.

Was sollte sie auch sonst machen? Sie überlegte lange, um bei den nächsten Exerzitien nicht mehr mitzumachen. Sie wollte krank werden. Aber was würden ihre Eltern von ihr denken? In den Jahren vorher war immer alles in Ordnung und es hat auch großen Spaß gemacht, mit ihren Verwandten. Sie fand ja auch neue Freunde in den Gruppen, die hätten ein Nichterscheinen gar nicht verstanden.

Jelena hoffte, dass bei den nächsten Exerzitien wieder alles gut gehe und keine Übergriffe stattfinden würden. Deshalb machte sie auch wieder mit. Doch es wurde noch schlimmer. Warum die werdenden Diakone gerade sie aussuchten, hat sie nicht begriffen. Sie wurde während der Zeit zweimal von verschiedenen Männern vergewaltigt.

Es war schrecklich, doch auch jetzt hatte sie immer noch große Angst es ihren Eltern zu berichten. Die beiden Geistlichen genossen großes Ansehen unter den Priestern. Sie waren zudem die Stars in der Fußballmannschaft der bischöflichen Diözese von Lezno.

Keiner würde gegen diese beiden jemals Anklage erheben, oder ihnen etwas Böses zutrauen. Alle wussten, das würde das Ende der Exerzitien sein und weitreichende Folgen nach sich ziehen.

Während immer noch Tränen über ihre Wangen liefen, hörten wir Jelena weiter aufmerksam zu. Sie konnte mit niemandem darüber sprechen und wusste nicht, ob sie etwas falsch gemacht hatte.

Zweifel kamen in ihr auf, war es wirklich so schlimm, oder kann man mit der Vergewaltigung weiterleben, ohne dass es einen umbringt?

Von Freunden und Bekannten hatte Jelena gehört, dass es auch in deren Kreisen Missbrauch durch Geistliche gab, das jedoch wurde immer totgeschwiegen. In einer Sekte, wie der katholischen Kirche, durfte es keine Vergewaltigungen geben, so stand es jedenfalls nicht in der Bibel, und ihr ganzes Leben war ja nach der Bibel ausgerichtet.

Der Abend wollte nicht enden, Jelena erzählte und erzählte. Wir konnten nur zuhören. Sie zu unterbrechen wäre wohl falsch gewesen, nur so konnte sie sich alles von der Seele reden. Es machte uns fassungslos, dass eine mittlerweile junge Frau noch jetzt unter diesem Trauma zu leiden hatte.

Wir fragten wiederholt, warum sie nicht den Mut hatte, mit ihrer Mutter darüber zu reden. Milena sei doch die erste Ansprechpartnerin für sie gewesen.

Sie antworte ganz ängstlich: „Ich hatte Angst und dachte, mein Vater würde mir nicht glauben und mich vielleicht sogar aus der Familie verstoßen."

Das wolle sie aber auf gar keinen Fall, deshalb habe sie alles für sich behalten. Selbst ihrer Tante Mila wollte sie sich nicht öffnen, obwohl sie wahrscheinlich die Einzige war, die ihr geglaubt hätte. Sie war nicht von der Kirche abhängig, wie alle anderen.

Aber, ob sie bei ihren Eltern auch wirklich dichtgehalten hätte, da war Jelena sich nicht sicher.

Folglich beschloss sie, mit niemandem darüber zu reden. Zu uns habe sie ein anderes Vertrauensverhältnis, und sie habe uns in der letzten Zeit so gut kennengelernt, wir würden das auch für uns behalten und ihr keine Schuld zuweisen. Wir versprachen ihr, es niemandem zu erzählen.

Die Erleichterung war ihr anzusehen und plötzlich konnte sie wieder mit uns über andere Dinge lachen. Sie atmete nochmal ganz tief durch und verabschiedete sich bei Vera und mir mit einem dicken Kuss auf die Wangen. Gute Nacht und schlaft schön, morgen bin ich wieder die Alte.

Es brauchte bei uns noch eine lange Zeit, bis wir einschlafen konnten. Das heute Gehörte mussten wir erst einmal verarbeiten, nahmen uns aber vor, nicht mehr mit ihr darüber zu reden und auch keine Fragen mehr zu stellen.

In den nächsten Tagen unternahmen wir so einiges mit Jelena, besuchten unsere Eltern, Veras Bruder mit Familie und waren auch noch auf einer Geburtstagsfeier bei Freunden eingeladen. Unsere beiden Söhne hatten sehr viel Spaß mit ihr und Jelena war begeistert von ihrer Schlagfertigkeit.

Mit beiden unterhielt sie sich besser in Englisch als mit uns. Wir haben da so unsere Schwierigkeiten und verwechseln oft Begriffe und Zeiten, worüber sich unsere Söhne immer wieder amüsierten. Nach einer Woche war dann der Kurzurlaub vorbei und wir brachten sie zur Bushaltestelle des „Polenbusses", mit dem sie dann die Heimreise antrat.

Jetzt blieben uns noch sieben Wochen, dann ging es für uns wieder ab nach Florida. Unsere Flüge hatten wir schon im Frühjahr gebucht und bezahlt.

Die Einreise war genehmigt. Bei unserem Agenten in den USA war unser Condo, dass wir die Jahre über immer bewohnten, bestätigt. Die Anzahlung für Miete und Mietwagen waren bezahlt. Es konnte wie immer nichts mehr schiefgehen, dachten wir.

Ein Tag vor unserem Abflug kam ein Anruf aus Polen. Jelena rief uns an und teilte uns mit, dass sie mit uns in die USA fliege. Wir waren sprachlos. Unsere erste Reaktion: die spinnt doch, wie soll denn das gehen?

Sie konnte uns ja nicht sehen. Während des Telefonats schüttelten wir beide den Kopf, als wollten wir sagen, niemals.

Doch, bei weiterem Zuhören merkten wir, wie ernst es ihr war. Sie hat alles geplant. Es sprudelte nur so aus ihr heraus, sie redete ohne Punkt und Komma. Der Flug in die USA ging am nächsten Tag. Sie wird uns im Flughafen am „meetingpoint" treffen, um dann mit uns in den

Flieger zu steigen. Ohne uns weiter zu fragen, ob es uns recht sei, legte sie auf.

Dann war das Telefonat unterbrochen. Verdutzt sahen wir uns an und glaubten nicht, was wir da gerade gehört haben. Wenn wir das jemandem erzählen, halten uns alle für bekloppt.

Wir beschlossen sofort in Lezno anzurufen, seltsamerweise bekamen wir keine Verbindung, immer besetzt. Nach mehrmaligen Fehlversuchen glaubten wir an einen Scherz von Jelena.

Mit gemischten Gefühlen, und einer unruhigen Nacht wachten wir am Abflugtag auf, konzentrierten uns auf unseren Abflug und warteten dann auf das Taxi. Unser Transfer kam wie immer pünktlich und brachte uns zum Flughafen.

Da wir, wie gewohnt, mit einer amerikanischen Airline in den letzten Jahren flogen, gingen wir direkt zu deren Schalter, um einzuchecken. Noch bevor wir den

Schalter erreichten, hörten wir die Laut-sprecher-Ansage, dass wir uns bitte so-fort am „meeting-point" einfinden sollen.

Es waren nur einige Meter dorthin, wir glaubten allerdings nicht, dass uns dort jemand erwartet. Immer noch dachten wir an einen Scherz. Wir haben uns na-türlich nach dem gestrigen Anruf inten-siv darüber unterhalten, dass es eigent-lich gar nicht möglich ist in dieser kurzen Zeit eine Einreisegenehmigung für die USA zu bekommen.

Und schon gar nicht für Bürger eines Ostblockstaates. Polen gehörte nicht der Nato an und auch nicht der EU. Sie woll-ten zwar Mitglied werden, doch wann, das stand noch nicht fest. Also konnte Je-lena nicht am „meeting-point" auf uns warten.

Es muss etwas anderes, Dringenderes sein, dachten wir. Plötzlich hatten wir Angst, dass mit unseren Kindern etwas passiert sei. Schon von weitem aber sahen wir eine junge Frau mit zwei Koffern, die sich andauernd nervös und hektisch in der Runde umschaute. Uns stockte der Atem.

Da stand doch tatsächlich Jelena. „Ja, ist die denn total verrückt", hörte ich Vera sagen. „Wir können sie doch gar nicht mitnehmen, wie soll denn das gehen? Die Maschine ist voll. Ich dreh gleich durch." Kaum hatte sie es ausgesprochen, fiel Jelena uns schon um den Hals.

„Na, hab` ich das nicht toll gemacht", war ihre Antwort. Nicht, hallo oder guten Morgen, ich freue mich euch zu sehen.

Nein, sie war diejenige, die alles im Griff hatte, überschwänglich und voller Tatendrang. Ich musste mich beherrschen und überlegte krampfhaft, wie ich mit dieser Situation umgehen soll. Das kann doch alles nicht wahr sein!

Jetzt sollten wir uns aber langsam zu unserem Schalter begeben zum

Einchecken, dachte ich. Wenn wir noch lange warten, geht der Flieger ohne uns. Dann wollten wir wissen, wo sie herkommt. Ohne Probleme, und ganz cool zeigte sie uns ihren Flugschein von der polnischen Airline Lot.

Ich traute meinen Augen nicht, Breslau-Düsseldorf. Mehr nicht. Von einem Flug in die USA war nichts zu sehen. Will sie uns verarschen, dachte ich? Wie will sie mit uns fliegen, wenn sie kein USA-Ticket hat? Was soll der Blödsinn? Nun standen wir hier, hatten kaum noch Zeit um zum „check-in Schalter" zu kommen.

Die Zeit rannte uns davon. Ohne Jelena konnten wir aber auch nicht gehen, sie hat sich anscheinend vollkommen auf uns verlassen. Also packten wir ihre Unterlagen und beeilten uns, zum Schalter zu kommen.

Delta-Air hatte einige „check-in Schalter" und nach kurzer Befragung wurden wir einem Delta-Air-Schalter zugewiesen.

Nach freundlicher Begrüßung legten wir unsere Papiere vor und auch Jelenas Ausweise. Die freundliche Dame hatte gerade unsere Unterlagen geprüft, wurde stutzig, als sie Jelenas Unterlagen vor sich liegen sah.

Sie schaute uns ungläubig an und meinte, der Schalter für American-Airlines ist aber dort drüben. Hier ist der Schalter für Delta Flüge.

Sind sie sicher? Wollen mit uns fliegen? Dann haben sie falsch gebucht! Gab uns die Tickets von Jelena zurück, sah uns sehr seltsam an und befestigte dann an unseren Koffern die Banderolen. Dann schob sie unsere auf das Transportband. Wegen der jungen Dame gehen sie schnell da drüben an den Schalter, die Maschine nach Chicago startet noch vor uns.

Mehr kann ich nicht für sie tun. Wir schauten uns an und wussten nicht was los war. Was hatte Jelena vor? Es war

unsere Schuld, hätten wir vor dem Einchecken ihre Tickets überprüft, wäre
uns das alles vorher aufgefallen.

Mit Jelena gingen wir so schnell wie
möglich rüber an den Schalter von Ame-
rican-Air, wir mussten jetzt sehen, dass
Jelena ihren Flug nicht verpasst.

Auf dem Weg dorthin kramte sie erst
jetzt ihren Flugschein von American Airlines aus ihren Unterlagen hervor und
zeigte ihn uns. Es war ein aktueller Flugschein von Düsseldorf nach Chicago mit
Weiterflug nach RSW. Wir konnten es
nicht glauben. Sie hatte in Polen ein Ti-
cket gebucht, um bei uns in Florida zu
sein.

Glücklicherweise konnten wir Jelena am
American-Airlines-Schalter   abliefern
und die Stewardess bestätigte uns, nach
Prüfung des Tickets, Pass etc., dass alles
in Ordnung sei. Dann konnten wir beruhigt gehen, nicht ohne uns vorher von Jelena verabschiedet zu haben.

Jetzt mussten wir uns aber beeilen, unser Flug wurde zum Boarding aufgerufen. Als wir dann im Flieger endlich zum Nachdenken kamen, machten wir uns schon Gedanken wie das wohl endet.

Wie auch immer, Jelena war auf dem Flug nach Chicago, und wir nach Atlanta. Es würde jetzt 10 Stunden dauern, bis wir unseren Zwischenstopp erreichen. Angst brauchen wir nicht mehr um Jelena haben, denn aus der Erfahrung der letzten Jahre wussten wir, einmal in der Maschine, kam man auch an. Manchmal sogar noch einige Minuten eher als geplant, je nach Wetterlage.

In Atlanta haben wir unseren Weiterflug nach Fort Meyers pünktlich erreicht. Wann Jelena dort ankommen würde, haben wir nicht genau gewusst. Bei der ganzen Aufregung in Düsseldorf haben wir nicht darauf geachtet. In RSW schauten wir uns sofort die Ankunftstafel an, und sahen, dass der Flug von Chicago nach RSW pünktlich abgegangen ist.

Eigentlich wollten wir hier auf Jelena warten, um sie mitzunehmen nach Marco Island. Plötzlich wurde von Verspätungen gemunkelt, keiner wusste wieso.

Wir konnten nichts Genaues erfahren, gingen darum nochmal zurück zum American-Airlines-Schalter, in der Hoffnung, sie könnten uns mehr über die Verzögerung sagen. Leider hatten auch die keine Ahnung.

Dann erschien ein Supervisor der Airline und bat alle Wartenden, sich keine Sorgen zu machen. Auf der Strecke über die Rocky-Mountains zog ein schweres Unwetter auf. Aus Sicherheitsgründen wurden alle Flüge über dieses Gebiet umgeleitet.

Die neue Ankunftszeit in RSW würde durch das schwere Gewitter über den Rocky-Mountains erst in 5 Stunden sein. Was sollten wir tun? Hier am Flughafen zu warten, war nicht angenehm.

Deshalb beschlossen wir, unseren Mietwagen abzuholen und die Stunde Fahrt
bis Marco auf uns zu nehmen.

In der Zwischenzeit konnten wir schon
unsere Ferienwohnung herrichten und
zur entsprechenden Zeit wieder am Airport sein. Auf unserem Laptop haben wir
verfolgen können, wann die Maschine in
RSW landet.

So sind wir dann, ohne Stress, wieder
zum Airport gefahren. Als wir Jelena sahen, nachdem sie den Zoll passierte, waren wir erleichtert. Auf ihrem Gesicht sahen wir Zufriedenheit, Glück und auch
ein wenig Sorge. Doch die war schnell
verflogen, als sie uns sah.

Auf dem Weg nach Marco hatte sie uns
so viel zu erzählen, ihr Mund stand nicht
eine Sekunde still. Es war richtig lustig,
denn sie merkte nicht einmal, dass sie
immer zwischen Deutsch und Englisch
wechselte. Kaum war sie in Amerika und
hörte die ganze Zeit nur Englisch, hatte

sie fast schon vergessen, dass wir eigentlich Deutsch redeten.

Sie saß hinter uns im Auto, schaute sich links und rechts die Gegend an. Im Rückspiegel konnte ich ihr Gesicht sehen. Obwohl sie redete und redete, sah ich auch, wie erstaunt sie sich umsah. Ich dachte nur, warte mal ab, morgen wirst du aus dem Staunen nicht mehr herauskommen.

Als sie auf Marco Island unsere Wohnung sah, war es um sie geschehen. Sie weinte vor Glück. Die Wohnung gefiel ihr sofort und die Aussicht auf den Pool und den Golf von Mexiko war überwältigend. Sie hatte hier ein eigenes Zimmer und ein extra Bad.

Einige Stunden unterhielten wir uns noch auf dem Balkon, merkten dann, dass die Müdigkeit uns alle drei erwischte. Wir sagten uns gute Nacht, denn am nächsten Morgen wollten wir frisch und munter sein.

Als wir aufwachten, saß Jelena schon auf dem Balkon und amüsierte sich über die fleißigen Mexikaner, die einmal in der Woche für den gesamten Außenbereich zuständig waren. Rasen mähen, Hecken schneiden usw. Wir konnten nicht frühstücken, weil wir gestern vergessen hatten fürs Frühstück einzukaufen.

Da wir sowieso zur Mica mussten, um uns unsere Beachpässe zu holen, beschlossen wir vorher noch bei Publix reinzuschauen, um in aller Ruhe zu frühstücken. Es war für Jelena wie ein Traum, das sagte sie uns, als wir in den Store gingen.

Sie hatte schon so viel davon gehört und wir hatten auch bei unseren Erzählungen davon erzählt, doch als sie jetzt hier stand, überwältigte es sie doch mehr als sie zugeben wollte. Sie war einfach fix und alle. Das sahen wir ihr an.

Wir mussten Jelena wieder in die Wirklichkeit zurückholen. Nachdem wir dann

mit dem typisch amerikanischen Frühstück bei Publix, zwei Spiegeleier, Brat-
kartoffeln, Bacon und Toast, natürlich
Kaffee oder Eistee ohne Ende, fertig waren, fuhren wir nur auf die Gegenseite
zur Mica. Hier mussten wir, wie schon
gesagt, unsere Beachpässe kaufen.

Ohne diese Eintrittskarte hätten wir
nicht an den Strand gehen können, der
direkt gegenüber unseres Condos, am
Golf von Mexiko lag.

In fast ganz Florida konnte man nicht
einfach so an den Strand gehen, ob in Miami, Fort Lauderdale oder Tampa, immer musste man fürs Parken bezahlen.

Oft sind die Strände in Privatbesitz oder
gehören der Stadt, und die wollte auch
für die Benutzung Geld haben. Für einen
Parkplatz, ganz in der Nähe der Beach,
konnte man schon mal 10 $ die Stunde
bezahlen. Da kommt schon schnell eine
stolze Summe zusammen, wenn man einen Tag dort verbringen wollte.

Hier hatten wir die Möglichkeit, weil wir ein Condo gemietet hatten, uns den Beachpass für stolze 130 $ zu kaufen und das für die zwei Monate im Jahr.

Der Strand gegenüber war im Privatbesitz der Stadt und wird „Residentsbeach" genannt. Genau dafür bezahlten wir und konnten uns am Tag nach unserer Ankunft den begehrten Pass abholen.

Für Jelena war das ein Erlebnis, denn wir mussten uns eintragen, von mir wurde ein Foto gemacht und anschließend bekam ich einen Beachpass. So groß wie eine Checkkarte, der mich berechtigte zwei Monate mit dem Auto an die Beach, auf das Gelände der Mica, zu fahren und dort so lange zu parken bis am Abend abgeschlossen wurde.

Auf diesem Gelände steht ein kleines Haus, umgeben von Garten, Wiesen, Liegeplätzen. Dort war eine Restauration, Toiletten und Duschen vorhanden. Der „Beach-walk" führte zum Strand, der ca.

300 Meter breit war, bis man ans Wasser gelangte. Es war keine Sandbeach, das stellte Jelena sofort fest, nein das, was wie weißer Sand aussah, war fein zermahlener Muschelsand.

Im Rückspiegel beobachte ich, dass Jelena aus dem Staunen nicht herauskam, als wir auf das Gelände fuhren. Dem Pförtner zeigten wir unseren frisch erworbenen Beachpass, den er sich genau ansah und uns „have a nice day" wünschte.

Wir stellten unsere Beachchairs unter einem der vorhandenen Chickis auf, und erholten uns vom anstrengenden Morgen. Die Sonne schien unerbittlich. Da wir uns entsprechend mit viel Sonnenmilch eingerieben hatten, machte uns die Sonne nichts aus.

In den letzten Jahren waren wir daran gewöhnt, immer in den ersten Tagen nur zwei bis drei Stunden am Strand zu sein, um keinen Sonnenbrand zu bekommen.

Dann sind wir gerne, nach kurzer Sonnenbestrahlung, zum „Starbucks" gefahren, Cappuccino trinken, und immer am ersten Tag zum Lunch nach Naples, in unser geliebtes „All-you-can-eat" China-Restaurant.

Diesen Ablauf zu Anfang des Urlaubs lieben wir schon seit einigen Jahren. Wir wussten nicht wie Jelena darauf reagiert, gingen aber davon aus, dass sie alles mitmacht, waren aber sehr überrascht ihre Begeisterung zu sehen als wir am China-Buffet vorfuhren.

Wir hörten nur noch: „Hier wollen wir essen gehen? Fantastisch, ich habe so oft davon geträumt einmal in so ein Restaurant zu gehen. Im Fernsehen haben wir amerikanische Filme gesehen und waren begeistert von diesen Restaurants. Jetzt wird es Wirklichkeit, ich glaub das nicht."

Wir verließen das Auto und gingen, ohne uns umzusehen, auf das Restaurant zu, doch vor dem Eingang bemerkten wir, Jelena fehlte. Überrascht sahen wir uns um und sahen, Jelena stand immer noch an unserem Auto, bewegte sich nicht und staunte.

Was war passiert? Ich rief nach ihr und winkte ihr zu, sie solle doch kommen. Langsam, wie in Zeitlupe verließ sie den Parkplatz, Richtung Eingang zum Restaurant. Wir sahen sie an, aber sie winkte ab.

Nachdem wir uns dann hingesetzt hatten, wollten wir endlich von ihr wissen, was sie veranlasst hatte dort stehenzubleiben, und sich nicht zu rühren. Die Reaktion war, wie bei allen unseren Besuchern in den Jahren zuvor, immer die gleiche. Kam jemand aus Deutschland, um uns zu besuchen, standen fast alle am ersten Tag wie Statuen in der Gegend und konnten z. B. die riesigen Parkplätze vor den Einkaufszentren nicht fassen.

Diese Riesenflächen kannten sie nicht.

Bei uns ist immer alles so eng. Sucht man einen Parkplatz, muss man sehr aufpassen, damit man seinen Nachbarn nicht anfährt. Hier kannst du dazwischen noch Stühle stellen.

Es wird nicht lange dauern, dann hat Jelena das auch geschnallt. Im Restaurant das gleiche Problem. Sehen, staunen, nicht wissen, wie man sich verhalten soll. Hier haben wir selbst mit offenem Mund gestanden, als wir es zum ersten Mal besucht haben.

Es gab acht Theken mit ca. je 14 verschiedenen Gerichten. Dazu noch eine extra Theke mit Kuchen, Eis und Obst. Was soll man zuerst nehmen, war die Frage, und von jedem Gericht kann man so viel und so oft nehmen, wie man möchte und essen kann. Und alles ist im Preis inbegriffen.

Jelena war überfordert, das stand auf ihrem Gesicht. Vera und ich gingen als erste, um uns eine Schale mit unserer

Lieblingssuppe zu holen, sehr heiß, sehr scharf und sehr lecker. Ich füllte die Schale meistens mit kleinen gebratenen Fleischstückchen vom Hähnchen und extra scharfer Soße. Mir schmeckte das besonders gut.

Als wir zum Tisch zurückkamen, saß Jelena immer noch da, ohne sich gerührt zu haben. Mit weit aufgerissenen Augen schaute sie uns an, worauf ich sie ansprach: „Close your eyes!"

Dann merkte sie wohl, dass sich auch bei ihr der Hunger meldete. Jetzt überlegte sie nicht mehr lange, sie hat schließlich bei uns gesehen, wie einfach es ist, sich für die richtigen Gerichte zu entscheiden, und ging endlich auch, um sich das zu holen, was ihrem Appetit entsprach.

Überrascht waren wir, denn das, was sie mitbrachte, reichte eigentlich für einen ausgewachsenen Holzfäller, der den ganzen Tag geschuftet hat. Selbst ich könnte das nicht aufessen.

Für uns war das ganz normal, bei vielen Bekannten hatten wir das genauso erlebt, wenn sie das erste Mal hier beim Chinesen waren. Die Augen konnten sich bei dem großen Angebot nicht so schnell lösen, das Gehirn entschied anders. Alles, was appetitlich aussah, musste ja auch schmecken, demnach landete es auf dem Teller.

Dann kam wie immer der Moment, wo es zu viel war und nicht mehr gegessen werden konnte, weil man einfach satt war. Wir versuchten Jelena das zu erklären und waren erstaunt, dass sie uns das glaubte und nicht eingeschnappt war.

Nach gut eineinhalb Stunden hatten wir diesen Lunch geschafft und sind rundherum zufrieden den Heimweg angetreten. Auf unserer Liste standen jetzt noch u. a. Lebensmittel, Obst und Gemüse für die nächsten Tage.

Also mussten wir noch einkaufen, sonst haben wir nichts zu essen. Das

Frühstück wollen wir morgen auf dem Balkon genießen.

Auf dem Weg zum Condo kamen wir gleich an drei Einkaufszentren vorbei, die Jelena nicht kannte. Ich nahm mir vor, diese der Reihe nach anzufahren, um einkaufen zu gehen. Als wir auf Marco über die Brücke fuhren, hatten wir im Eifer des Gefechts schon den ersten Store übersehen.

Während wir uns angeregt unterhielten, merkten wir nicht, dass wir am Walmart vorbeigefahren waren. Jetzt war es zu spät und umkehren wollten wir nicht. Wir entschieden uns bei Publix einzukaufen.

Dieser Store war nicht so groß, hatte hauptsächlich Lebensmittel und Getränke. Jelena staunte nicht schlecht, als sie das sah. Ich nahm mir ein e-cart, so brauchte ich nicht durch den ganzen Laden zu laufen. Das machte ich schon seit einigen Jahren.

Vera hatte sich daran gewöhnt. Ich amüsierte mich über Jelenas Gesicht.

Mit aufgerissenen Augen und offenem Mund verfolgte sie alle Einkäufe. Sie selbst hatte keine Wünsche. Als wir aber noch nach Schinken fragten, sah sie uns an, als wollten wir sie verulken. Der Verkäuferin gaben wir zu verstehen, dass wir den gerne probieren möchten. Das war gar kein Problem, sie schnitt den entsprechenden Schinken an, nahm ein Blatt Fettpapier, legte eine Scheibe Schinken darauf, und gab den an uns weiter.

Sie sah zu Vera, schnitt ohne zu zögern eine weitere Scheibe ab und gab sie ihr. Dann wartete sie auf unsere Reaktion. Wir probierten, ich verzog die Nase und meinte, nein wir probieren einen anderen.

Wir zeigten ihr, welchen wir jetzt möchten. Auch das war kein Problem. Die gleiche Prozedur noch mal, dann aber nahmen wir ein Pfund davon. Sie vergaß nicht, vorher zu fragen, ob wir ihn dünn oder dicker geschnitten wollten.

Ist das immer so, hörte ich Jelena fragen? Nein meinte ich, jetzt möchte ich auch noch Käse probieren, den brauchen wir auch noch. Die Verkäuferin kannte das, denn die Amis haben uns das schließlich genauso vorgemacht.

Jelena sagte: „Da kann man ja zwischendurch schon satt werden, wenn man das richtig anpackt." Wir nickten und lachten. Neben Mineralwasser, Cola, Orangensaft wollte ich für heute Abend Sekt einkaufen. Wir hatten in den vergangenen Jahren eine Marke gefunden, die uns schmeckt. Die suchte ich jetzt, um den Preis zu vergleichen.

In dem Store gibt es schon seit einigen Jahren eine Stofftragetasche kostenlos dazu. Voraussetzung, man kaufte vier Flaschen. Dann noch einmal Extra-Rabatt an der Kasse, falls man eine

Gastkarte (für Urlauber) hatte, die wir selbstverständlich noch von den Urlauben der letzten Jahre hatten.

Nach dem Einkauf gings sofort zum Condo. Kaum in der Wohnung sprudelte Jelena nur so. Was ist das für ein großartiges Erlebnis, mit euch einkaufen zu gehen?

So etwas, oder Ähnliches, müsste es bei uns in Polen geben, ich glaube, alle Menschen würden ausflippen. Bei uns in Deutschland auch konnte ich nur darauf antworten.

Heute wollen wir es uns auf dem Balkon gemütlich machen. Am Horizont, über dem Golf von Mexiko stand die Sonne schon so tief, dass es nicht mehr lange dauerte, bis sie unterging.

Das ist ein besonderer Moment. Der Himmel über dem Horizont verfärbte sich zusehends von Gelb in Dunkelgelb bis Orange und Violett. Wir schauten uns das Farbenspiel an, tranken ein Glas Sekt und waren überglücklich, wieder in Florida zu sein.

Vor uns in der Anlage lag der beleuchtete Pool und der Jacuzzi. Von unserem Balkon aus konnten wir die gegenüberliegenden Balkons sehen und stellten fest, dass einige davon zu dieser Zeit bewohnt waren.

Bei sternenübersätem Himmel kamen wir ins Träumen, wie so oft.

Am nächsten Morgen waren wir ausgeschlafen und voller Tatendrang. Der Wetterbericht sagte für den heutigen Tag einige Wolken, und nicht so viel Sonnenschein voraus. Deshalb beschlossen wir, erst einmal zu Hause zu bleiben.

Nach dem Frühstück gingen wir aber dann runter an den Pool, belegten drei Sonnenliegen und wollten den Tag genießen. Das Wasser war herrlich, hatte so ca. 28 Grad, trotzdem eine schöne

Erfrischung. Nach einer Weile kamen einige Bewohner der Anlage, meist ältere Menschen, und gingen sofort in den Jacuzzi, denn der hatte richtig heißes Wasser.

So früh war das nichts für uns, wir wären aus dem Schwitzen gar nicht mehr herausgekommen. Dafür waren die Außentemperaturen schon zu hoch.

Dann kam ein Wohnungsbesitzer, den wir schon aus den letzten Jahren kannten. Er freute sich wirklich, uns wiederzusehen, und begrüßte uns dementsprechend herzlich. Bertil, ein gebürtiger Schwede, lebt schon viele Jahre in dieser Anlage. Wir haben uns schon oft unterhalten und wussten daher, dass er früher schon in den Niederlanden, Deutschland und in Kanada gearbeitet hat.

Er überraschte mich heute und gab mir eine Telefonnummer in Kanada, die ich unbedingt anrufen soll. Wir hatten ihm schon mal erzählt, dass wir nach unserer

Verwandtschaft forschen, die in die USA oder Kanada ausgewandert sein sollen. Bisher hatten wir leider kein Glück mit unserer Suche.

Bertil hatte Kontakt zu einem früheren Arbeitskollegen, der den gleichen Nachnamen hatte wie ich. Er war total begeistert, mir davon zu erzählen. Mein Namensvetter hatte in den vergangenen Jahren immer wieder versucht, näheres über seine Verwandtschaft in Deutschland in Erfahrung zu bringen. Bisher auch immer ohne Erfolg.

Jetzt meint er, nie sei die Gelegenheit so gut wie heute, bei der Namensgleichheit!

Ich solle unbedingt anrufen. Er würde auf einen Anruf warten, meinte Bertil. In allen USA-Urlauben haben wir, wo immer wir auch waren, in jedes Telefonbuch geschaut nach unserem Namen. Manchmal hatten wir Glück und fanden unseren Namen. Dann haben wir angerufen, uns vorgestellt und nachgefragt.

Manchmal antworteten auch deutsche Stimmen, allerdings kamen sie immer aus einer anderen Gegend. Bei den Gesprächen stellte sich heraus, dass sie tatsächlich nichts mit uns zu tun hatten. Schade, dachten wir immer, aber aufgeben wollten wir nicht.

Jetzt aber vielleicht ein Lichtblick. Jelena versuchte ich zu erklären, wer Bertil ist. Für seine 70 Jahre sah er richtig gut aus. Das liegt vielleicht an seiner immer guten Laune, oder an seinem sonnenverwöhnten, braunen Teint. Ein wirklich freundlicher Mann.

Jelena hatte unsere Unterhaltung mit Bertil im Pool verfolgt. Dann hörte ich, als sie Vera ansprach, das sei doch ein Hinweis, dem wir nachgehen sollten. Dann verließen wir den Pool und gingen in unser Condo zum Duschen. Als wir frisch geduscht aus dem Bad kamen, saß Jelena schon vertieft in Telefonbücher schauend. Wir wollten natürlich wissen, was sie suche.

Ich hörte nur, hier in Marco gibt es niemandem mit unserem Namen. Kaum hatte sie es ausgesprochen, blätterte sie schon im Telefonbuch von Naples und Umgebung.

Sie kam uns wie besessen vor. So kannten wir sie nicht, ich versuchte sie zu beruhigen, aber das war nicht möglich, sie war einfach zu aufgeregt. Ich hätte Bertil erwürgen können, aber er war ja nicht schuld daran.

Jelena war fast überzeugt von der Aussicht, hier einen Verwandten zu finden. So überdreht wie sie war, konnten wir nichts mit ihr anfangen. Ich versprach ihr, am nächsten Tag in Naples in den Telefonbüchern weiter nach ihrem Namen zu suchen.

Polnische Hausnamen waren hier nicht so verbreitet wie deutsche oder italienische. Als sie sich beruhigt hatte, nahm ich das Telefon und wählte die Nummer, die Bertil mir gegeben hat.

Das ist doch sehr teuer von hier nach Canada anzurufen, meinte Jelena.

Ich winkte ab und tat so, als sei das nicht wichtig. Am anderen Ende meldete sich ein Mann, den ich nicht verstand, denn er sprach Französisch. Ich war total überrascht, und fing an zu stottern. Das bemerkte er und ich hörte ihn sagen: „Hallo, schön, dass sie sich endlich melden. Ich habe auf ihren Anruf gewartet. Bertil hat mich schon vor einer Weile informiert, dass sie wieder nach Marco Island kämen."

Ich war überrascht, hatte ich doch nicht damit gerechnet eine deutsche Stimme zu hören. Auf meine Frage, woher er wüsste, dass ich am Telefon sei, bekam ich eine logische Erklärung:

„Erstens kann ich sehen, diese Nummer ist nicht Bertils Nummer, ist aber dieselbe Vorwahl, und dort kenne ich niemanden außer Bertil." Als er sich dann meldete und ich angefangen habe zu stottern, weil ich nicht Französisch spreche, hat er sofort gewusst, das kann nur der Namensvetter aus Deutschland sein.

Und er habe recht, endlich kann man sich austauschen. In den USA und in Kanada gibt es ein internationales Personenregister. Und genau dort hat er schon häufig nachgesehen, ist aber nie fündig geworden. Ein long-distance-call von Florida nach Kanada ist nicht so teuer.

Darüber machte ich mir in diesem Augenblick keine Gedanken. Wenn schon mal die Möglichkeit besteht, mit einem vielleicht entfernten Verwandten zu sprechen, sollten die Telefonkosten keine Rolle spielen.

Wir sprachen über die Zeit, in der er nach Kanada ausgewandert war und woher er eigentlich stammt. Dabei näherten wir uns immer mehr an, denn seine Vorfahren stammten auch aus der Gegend in Westpreußen wie meine. Das Gespräch ging noch einige Zeit hin und her.

Dann verabredeten wir uns für die nächsten Tage, denn er wollte in seinen Unterlagen einiges prüfen und diese mir dann nach Marco schicken. Ich sollte mir das genau ansehen und einige Tage später würde er sich dann aus Kanada melden. Als wir am nächsten Tag Bertil trafen, war er neugierig und wollte wissen, was das Gespräch mit seinem Bekannten ergeben hat.

Ich erzählte in groben Zügen alles und er war zufrieden. Man sah ihm an, dass er sich freute, so war er eben. In den folgenden Tagen konzentrierten wir uns auf Jelena. Sie sollte, wenn möglich, auch in ihrer Suche weiterkommen. Mit der Durchforstung der Telefonbücher kamen wir nicht weiter. Ich merkte, wie Jelena sich immer mehr verschloss, sie wurde immer schweigsamer, ihr Tatendrang ließ nach.

Da fiel mir ein, dass Vera vor einigen Jahren ein Klassentreffen hatte. Sie war begeistert, nach 25 Jahren ihre

Schulkameradinnen wiederzusehen. Zu diesem Treffen waren auch Frauen aus ganz Deutschland und sogar eine aus Kanada angereist.

Diese Klassenkameradin wohnte in Toronto, hatte ihren Doktor gemacht und eine eigene Praxis dort. Ich bat Vera nachzuforschen, ob sie ihre Klassenkameradin nicht in Toronto erreichen kann, mit der Bitte, uns bei der Suche nach Jelenas Vorfahren zu helfen. Sie schaute mich an, als wollte ich sie auf den Arm nehmen. Auf meinem Gesicht sah sie, dass ich es ernst meinte und mein Nicken deutete sie richtig.

Wenn schon schwierig, dann sollten wir Jelena helfen. Wie aber an die Adresse der Schulkameradin in Toronto kommen? Ihr Gesicht sprach Bände. In diesem Fall konnte ich helfen. Auf meiner externen Festplatte für meinen Laptop, habe ich schon seit längerem ein Adressenverzeichnis gespeichert, in dem ich jetzt nachsehen konnte.

Natürlich hoffte ich, sie in diesem Verzeichnis zu finden, wusste es aber nicht sicher. Vera hatte, als es um die Einladungen zum Klassentreffen ging, sich mit einigen von damals kurzgeschlossen, um an die Adressen aller zu kommen. So war auch diese abgespeichert. Das sollte uns jetzt helfen.

Kurz entschlossen griff Vera zum Telefon und rief ein paarmal in Toronto an, bis endlich die Verbindung zustande kam. Was sich dann am Ende der Leitung in Kanada abspielte, konnte ich mithören, denn Vera hatte vorsichtshalber das Telefonat auf Raumklang gestellt.

Ein Aufschrei am anderen Ende: „Das darf nicht wahr sein, ich glaube es nicht, bist du es wirklich, Vera? Schön, dich zu hören. Das hat ja lange gedauert, ich habe schon nicht mehr geglaubt, noch einmal von dir zu hören. Wo bist du, du bist doch wohl nicht in den USA, da können wir uns doch sehen? Wann kommst du vorbei?"

Vera versuchte den Redeschwall zu unterbrechen und sagte: „Beruhige dich doch erst mal, ja, ich bin in den USA, aber ich kann nicht nach Toronto kommen, denn ich bin auf Marco Island im Urlaub."

Das Gespräch der beiden dauerte noch eine geraume Zeit. Vera versuchte ihr zu erklären, warum sie in Toronto anrief. Sie solle ihr helfen, wenn sie könne.

Beide kamen aus dem gleichen Stadtteil, und kurz nach dem Krieg haben sich viele aus dem Osten in unserer Stadt angesiedelt. Ihre Freundin hatte auch polnische Wurzeln, allerdings war sie jetzt mit einem Kanadier verheiratet, und hatte seinen Namen angenommen.

Doch das genau das war der Grund, warum Vera sie anrief. Sie kannte die Situation genau. Viele aus den ehemaligen Oststaaten wie Russland, Polen, Tschechien usw. sind nach Amerika ausgewandert, in der Hoffnung dort neu anzufangen und alle Probleme hinter sich zu lassen.

Damals, auf dem Klassentreffen, hat sie erzählt, dass sie sich in Zukunft für ein Treffen der Eingewanderten aus Deutschland, Polen usw. einsetzen würde. Das müsse sie einfach tun, das erinnere sie an ihre Wurzeln. Ihre Oma und Tanten haben früher viel von Polen erzählt und immer wieder gesagt, sie dürfe ihre Wurzeln weder vergessen noch verleugnen.

Vera meinte, dass jetzt der Zeitpunkt gekommen sei, sie zu bitten, ihr zu helfen. Vera erzählte ihr von unserem Besuch aus Polen und was Jelena vorhatte. Leider könnten wir ihr nicht weiterhelfen, und aus diesem Grund habe sie in Toronto angerufen.

Die Klassenkameradin hieß Svetlana, doch in Kanada wurde sie Lana gerufen. Lana sagte dann, sie muss sich das alles erst einmal in Ruhe durch den Kopf gehen lassen, mit ihrem Mann darüber reden und sich anschließend wieder melden.

Plötzlich war das Gespräch unterbrochen. Sonderbar, die ganze Zeit unterhielten sie sich angeregt, dann der Abbruch. Was war passiert in Toronto? Wir machten uns schon Gedanken über diese Unterbrechung! Aber einige Minuten später klingelte das Telefon und Lana entschuldigte sich.

Ihr Mann war plötzlich ins Zimmer gekommen und eigentlich sollte er von dem Gespräch noch nichts wissen, seit einiger Zeit ist er sehr eifersüchtig. Er kann nicht verstehen, dass ich seit einiger Zeit oft tagelang auf Kongressen bin, und nicht in Toronto bei ihm.

Der eigentliche Grund sei aber ein anderer. Bei einem Treffen ehemaliger Einwanderer habe sie einen besonderen Menschen kennengelernt, dem sie nicht widerstehen konnte. Das Treffen fand immer in Chicago statt. Von Toronto nach Chicago waren es nur ca. 2 Stunden mit dem Flieger. Manchmal, wenn ich genug Zeit hatte, fuhr ich mit dem Auto über Detroit und war nach 8 Stunden auch an Ort und Stelle.

Dieses Treffen Ehemaliger aus dem Ostblock brauchte Lana. Erst sehr spät hatte sie begriffen, warum sie in Kanada noch nicht so angekommen war, wie gehofft. Es lag wohl an der Mentalität oder der Sehnsucht, die einen überfällt, wenn man nachdenklich oder melancholisch wird.

Hinzu kam noch, dieser Bekannte, mittlerweile enger Freund, war Pilot einer amerikanischen Airline mit Sitz in Chicago. Als Mitglied der Ärztekommission zur Überwindung sprachlicher und kultureller Hindernisse ehemaliger Einwanderer war es seit Jahren ihre Aufgabe, mit den amerikanischen Organisationen einen gemeinsamen Konsens zu finden.

Durch diesen Freund war es für Lana viel leichter, mit den Einwanderern in Kontakt zu kommen. Je länger sie von Toronto fortblieb, desto intensiver wurde die Freundschaft mit Bob, dem Piloten. Die Folge, Lana hatte sich in Bob verliebt!

Chicago hatte zu der Zeit den Ruf, dass man für Einwanderer alles besorgen kann. Natürlich hatte das auch seinen Preis. Ich erinnerte mich an eine Begegnung, vor Jahren in Fort Lauderdale, mit einigen Polizisten aus Chicago.

Wir waren zufällig alle in einem Motel und hatten in den paar Tagen richtig viel Spaß. Sie erzählten uns, in Chicago kann man ohne Probleme eine Greencard, oder einen gefälschten Pass, auch andere Aufenthaltsgenehmigungen, für ein paar Dollar bekommen. Man muss nur die richtigen Leute kennen.

Diese Cops waren einfach etwas Besonderes. Durch sie hatten wir sogar die

Möglichkeit den amerikanischen „Flugzeugträger Dwight D. Eisenhower" zu besichtigen, der im Hafen von Fort Lauderdale vor Anker lag.

Als Vera dann Lana nochmals auf die Suche von Jelena ansprach und ihr schilderte, warum Lana gerade jetzt in Chicago Nachforschungen über die Vorfahren von Jelena anstellen sollte, war sie begeistert und versprach Vera, sie so schnell wie möglich zu benachrichtigen.

Vorher wollte sie aber noch kurz mit Jelena sprechen. Vera gab das Telefon weiter und wir wurden überrascht, denn beide unterhielten sich auf Polnisch. Wir saßen daneben und verstanden kein Wort.

Als das Gespräch beendet war, wollten wir von Jelena wissen, worum es in dem Gespräch ging. Sie schüttelte aber den Kopf und sagte, sie sei genauso überrascht, dass Lana sie in ihrer Muttersprache ansprach.

Das habe ihr sehr gutgetan, so konnte sie Lana noch einige Hinweise geben, wonach sie sich erkundigen sollte. Sie hatte ihr auch erzählt, sie habe nur noch einige Tage hier in Marco, dann geht ihr Rückflug über Chicago nach Düsseldorf.

Lange haben wir uns noch über dieses Gespräch unterhalten, waren dann aber zu müde und gingen schlafen. In dieser Nacht träumten Vera und ich von dieser Telefonaktion, wurden mehrmals wach und hatten Schwierigkeiten wieder einzuschlafen.

Am nächsten Morgen sind wir wie gerädert aufgestanden, haben auf dem Balkon gefrühstückt und sind anschließend runter zum Pool gegangen, um zu entspannen.

Es dauerte nicht lange und Bertil erschien, begrüßte uns in seiner unnachahmlichen Manier, wollte sofort wissen, was ich mit meinem Namensvetter in Kanada vereinbart habe.

Ich sagte ihm, dass er erst Nachforschungen anstellen wolle, um sicher zu sein, dass zwischen uns tatsächlich eine genetische Verbindung bestehen würde. Um allerdings im dortigen Nachkommensregister präzise Überprüfungen anzustellen, fehlten ihm einige wichtige persönliche Unterlagen von mir.

Deshalb bat ich Bertil, ihn anzurufen und zu fragen, welche Unterlagen ich nach Kanada schicken solle. Ich konnte mir nicht vorstellen, was das für Unterlagen sein sollten.

Da gibt es zwei Möglichkeiten sagte er nach dem Anruf: „Ein oder einige Haare von dir, oder eine Speichelprobe, aber vollkommen steril. Damit kann man fast 100%ig bestimmen, ob ihr aus derselben Linie stammt."

Später dann im Condo, suchte ich nach einer Möglichkeit etwas steril zu verpacken. Ich wollte endlich Gewissheit haben, was aus meinen jahrelangen

Recherchen würde. Mein Entschluss stand fest, die von mir geforderten Utensilien zur Bestimmung wollte ich liefern.

Ich fand keine sterilen Röhrchen, aber mir fiel ein, das hatte ich in einigen Filmen gesehen, es reicht auch, wenn man für solche Sachen kleine Gefrierbeutel nimmt. Und die fand ich hier im Condo in den Küchenschubladen. So beschloss ich, von mir eine Speichel- und eine Haarprobe in getrennte Gefrierbeutel zu stecken und nach Kanada zu schicken.

Zwei Tage blieben noch, dann mussten wir Jelena zum Flughafen nach Fort Myers bringen, der Rückflug war ja datiert. Nach ihrer Verabschiedung werde ich diese wichtigen Unterlagen direkt im Postoffice in Fort Myers aufgeben, mit einer Versicherung, dass sie auch beim Namensvetter in Kanada ankommen.

Jelena war an diesem letzten Tag sehr anhänglich. Sie wollte sich von uns und von Marco eigentlich nicht verabschieden. Sehnsüchtig schaute sie immer wieder auf den Strand, den Pool, dabei hatten wir das Gefühl, dass sie uns gar nicht zuhörte, wenn wir mit ihr sprachen.

Sie war wie in einem anderen Universum. Ihre Blicke verklärten sich, wenn sie vom Balkon in die Ferne sah. Morgen müssen wir sie wieder nach Fort Myers zum Airport bringen. Die schöne Zeit war vorbei. Aber ihre Eltern, Freunde und Verwandte warten schließlich auf sie, und der Aufenthalt ist ja begrenzt.

Wir hatten eine schöne Zeit, doch in ihrer Familie ist sie bestens aufgehoben, dachten wir. Am nächsten Morgen, Aufregung pur. So hibbelig wie Jelena vor der Abreise war, war noch nie ein Besucher bei uns auf Marco.

Unser Enkel, eine Freundin, eine Patentochter, alle hatten keine Probleme mit der Abreise, waren höchstens traurig, aber Jelena war ja wie aufgedreht.

Es kostete uns einiges an Geduld, sie zu beruhigen.

Am Flughafen lief dann alles glatt. Wir halfen beim Einchecken, haben noch kurz vor dem Abflug einen Cappuccino mit ihr getrunken, und ab gings zum Boarding.

Bis Chicago waren es ja nur ca. zwei Stunden. Den Rest würde sie schon überstehen, wir haben doch in der Zwischenzeit bemerkt, wie gut sie mit der englischen Sprache zurechtkam.

Natürlich warteten wir noch, bis die Maschine nach Chicago abhob. Jetzt waren wir beruhigt. Wir haben Jelena wieder auf den Heimweg nach Polen gebracht, damit auch unsere Pflicht ihren Eltern gegenüber getan.

Gemütlich fuhren wir wieder nach Marco und wurden schon von Bertil in Empfang genommen. Unser Kanadier hat sich bei ihm gemeldet und wollte sich bedanken für die schnelle Lieferung. Damit wird Henry bestimmt weiterkommen.

Der eigentliche Name ist Heinrich, aber in Kanada haben viele Kanadier Probleme mit deutschen Namen. Meist können sie die Namen nicht richtig aussprechen.

Weil aber in Kanada hauptsächlich Englisch und in zweiter Linie Französisch gesprochen wird, hat Heinrich seinen Vornamen der Landessprache angeglichen und sich Henry genannt.

Zu der Zeit, als viele Europäer nach Kanada auswanderten, war es kein Problem mit der Namensänderung. Das hatte ich auch schon von Bekannten gehört, die kurz nach dem Krieg aus unserer Nachbarstadt nach Kanada ausgewandert waren.

In den Jahren vorher habe ich mehrmals versucht, diese Bekannten in Kanada ausfindig zu machen. Ich war immer davon überzeugt, dass es Verwandte waren. Deshalb hatte ich mich in einem USA-Urlaub total der Suche nach meinen Verwandten gewidmet.

In alten Unterlagen meiner Eltern hatte ich gelesen, dass sie an die Westküste von Kanada gezogen waren. Erinnerte mich noch sehr genau an Briefe aus Kanada, da sie schon mal einige kanadische Dollarscheine enthielten. Für meine Eltern war das ein finanzieller Segen in der schlechten Zeit.

Ich habe mir dann Telefonbücher von Westkanada angesehen und nach den Namen gesucht. Alle die ich fand, habe ich auch angerufen und immer die gleiche Frage gestellt: „Sind sie Deutsche, kommen sie aus Marl, und kennen sie meine Eltern?"

Immer wieder bekam ich die Antwort: „Nein, wir sind das nicht, sorry." Tagelang versuchte ich es, bis ich endlich jemanden erreichte, der mich nicht sofort abhing. Dieser junge Mann zeigte wirklich Interesse, wusste aber nichts Genaues.

Er erzählte von seinen Eltern, die manchmal davon sprachen, dass ganz in der Nähe ihres ehemaligen Wohnortes in Deutschland eine Familie lebt, der sie schon mal Geld geschickt haben.

Mein Herz klopfte mir bis zum Hals. Treffer! Wir tauschten Telefonnummern aus und er bat mich doch etwas Geduld zu haben. Er würde sofort Nachforschungen anstellen, seine Mutter und Schwester damit konfrontieren, und hören, was sie dazu zu sagen haben.

Er wird sich bestimmt wieder bei mir melden, beruhigte ich mich. Seine Mutter lebt noch, ließ er mich wissen, aber sie lebt seit einiger Zeit auf Vancouver-Island, ist aber noch klar im Kopf. Einige Tage vergingen damals, doch dann kam der Anruf aus Vancouver-Island.

Lange habe ich mich mit der Dame unterhalten und erfahren, dass wir nicht verwandt sind.

Meine Mutter und sie waren damals Freundinnen und weil sie wussten, wie schwer es für meine Mutter nach dem Krieg war, schickte sie ab und zu einige Dollar nach Deutschland. Eine Überraschung hatte sie dann aber noch für mich.

Sie hat, nachdem sie ihr Sohn angerufen hatte, in ihren Unterlagen ein Foto gefunden, auf dem meine Mutter, ihre Freundin und ich als Kleinkind, zu sehen sind. Wir tauschten unsere mail-adressen aus und kurz darauf schickte sie mir dieses besondere Foto. Ich war überrascht, aber zufrieden. Ich hatte zwar keine Verwandtschaft gefunden, doch jetzt wusste ich Bescheid.

Während ich mit Henry weiter in Verbindung stand, sind mir diese Anrufe durch den Kopf gegangen.

Vielleicht habe ich ja hier mit Henry mehr Glück, dachte ich. Einige Tage vergingen, von Jelena bisher keinerlei Nachricht, obwohl wir sie gebeten hatten, sich direkt nach ihrer Ankunft zu melden. Junge Leute denken wohl anders!

Da erreicht uns ein Anruf aus Polen. Ein total aufgeregter Andrzej. Seine ersten Worte: „Wo ist meine Tochter?" Und das in Deutsch. Wir waren sprachlos. Wie aufgeregt er war, konnten wir hören, seine Stimme überschlug sich fast, und er schnappte nach Luft.

Was war passiert? Wir versuchten ihn erst einmal zu beruhigen, aber wie? Vera erklärte ihm, dass wir Jelena sicher am Airport RSW abgeliefert haben. Wir machten ihm klar, dass wir seine Tochter sahen, als sie in die Maschine ging, und dann der Flieger abhob. Sie wollte uns benachrichtigen, wenn sie angekommen war, doch bis jetzt haben wir nichts von ihr gehört.

Dann kamen nur noch polnische Ausdrücke, hörte sich an wie eine Schimpfkanonade, wir verstanden kein Wort, sodass wir den Hörer auflegten. Was da gerade abgelaufen war, unglaublich.

Im Augenblick überlegten wir, was wir tun könnten. Die Polizei einschalten? Das würde doch nichts bringen, sie war ja in die Maschine gestiegen. In die richtige Maschine nach Chicago, das hatten wir doch genau gesehen.

Also, was tun? Vom Balkon aus sah ich, dass bei Bertil noch Licht war, so entschloss ich mich zu ihm rüberzugehen. Diese blöde Geschichte machte mich fast verrückt. Ich musste sie Bertil sofort erzählen.

Vera ließ mich aber nicht allein gehen, sie kannte Bertil ganz gut, er würde nach ihr fragen. Erfreut öffnete Bertil uns, nahm uns mit auf seinen Balkon. Er machte ein erstauntes Gesicht, ein einziges Fragezeichen.

Was ist geschehen? Ist jemand gestorben? Wie kann ich euch helfen?

Wenn wir ihn nicht unterbrochen hätten, wären noch 1000 Fragen auf uns eingeprasselt. Ich sagte nur: „Jelena ist weg." Stille! Man konnte auf dem Balkon eine Stecknadel fallen hören. Mit weit aufgerissenen Augen starrte er uns an: „Ist sie entführt worden?"

Das verneinte ich und erzählte ihm, dass ihr Vater uns eben anrief und nach seiner Tochter fragte. Dann erzählte ich ihm, dass wir Jelena pünktlich zum Flughafen gebracht und auch gesehen haben, dass sie in den Flieger stieg. Mehr wüssten wir auch nicht.

„Bertil, kannst du uns helfen, war Veras Frage, wir wissen nicht, wie wir das hier in den USA machen sollen." Es dauerte nicht lange, ich sah, wie es in ihm arbeitete, da meinte er, morgen früh rufe ich die Fluggesellschaft an und werde mich erkundigen, ob sie in der Maschine war.

Heute ist alles zu spät, dort ist um diese Zeit niemand mehr zu erreichen.

Wir saßen noch eine Weile bei ihm auf dem Balkon, unterhielten uns über die schönen Tage mit Jelena. Am nächsten Morgen gingen wir runter zum Pool, sahen dabei immer zu Bertils Balkon hinauf, konnten ihn aber nicht sehen. Wir mussten uns selbst beruhigen, und wollten Bertil wenigstens die Zeit geben, die er brauchte.

Es dauerte nicht sehr lange und er kam, um uns zu sagen, dass er mit der Airline gesprochen hat, und sie ihm versicherten, Jelena war in der Maschine nach Chicago. Ob sie allerdings auch auf dem Flug nach Deutschland war, konnten sie in der Kürze der Zeit nicht sagen. Der Flug nach Deutschland war allerdings tatsächlich für denselben Tag gebucht.

Sie werden die Passagierlisten prüfen und sich dann bei ihm melden. Sie wollten dann von ihm wissen, wieso er nachfrage, er ist doch wohl kein Verwandter. Bertil war clever und erzählte denen, er sei vom Vater angerufen worden, nachzuforschen. Von Polen aus ginge das schlecht, sie sollten sich aber auch mit uns in Verbindung setzen, denn Jelena habe bei uns gewohnt und wir wären die Verwandten.

Ob sie das geschluckt haben, konnte er nicht sagen, sie hätten ihm aber versprochen, sich sofort bei uns zu melden, sobald sie Näheres wüssten. Im Augenblick konnten wir nichts anderes tun als warten, warten, warten.

Wir lagen am Pool. Die Florida-Sonne brannte uns auf den Pelz, und wir träumten ein wenig vor uns hin, aber all unsere Gedanken gingen immer wieder zu Jelena. Bertil konnte es auch nicht begreifen, warum Jelena nicht zu Hause angekommen ist.

Das war das alles beherrschende Thema, den ganzen Tag über! Die Fahrt zum

Airport, wir kauten alles wieder und wieder durch und wussten, dass wir nichts falsch gemacht haben. Es war ja auch nicht das erste Mal, dass wir jemand zum Airport gebracht haben, der, wie es sein sollte, in Deutschland auch sicher gelandet ist.

Während wir so in der Sonne dösten, merkten wir, wie Bertil vor uns aus dem Pool auftauchte und uns nass spritzte. Typisch Bertil! Nichts als Flausen im Kopf! Er hatte eine Idee und strahlte uns beide an:

„Was haltet ihr davon, wenn ich mal Henry anrufe, und ihn bitte, sich mit eurer Bekannten in Toronto in Verbindung zu setzen? Er wohnt ja nicht weit entfernt von Toronto.

Ich kenne Henry schon lange und habe mit ihm Höhen und Tiefen erlebt, das ist der Richtige für solche Nachforschungen, glaubt mir. Wenn der sich in eine Sache verbissen hat, gibt er erst auf, wenn nichts mehr geht. Also, ich rufe ihn gleich an und dann sehen wir weiter."

Ging aus dem Pool, um nach oben zu gehen. Aber, was er gesagt hat, brachte mich auf die Idee, nochmal in meinen Unterlagen nachzusehen, ob ich noch die Telefonnummer meiner Pseudoverwandten in Vancouver-Island hatte. Ich wollte sie fragen, ob sie nicht vielleicht eine Möglichkeit haben herauszufinden, was in so einem Fall zu tun ist.

Oben im Condo, fand ich die gesuchte Nummer im Laptop, und rief an. Große Freude am anderen Ende der Leitung. Ich musste leider die Freude unterbrechen und erzählte von dem Verschwinden Jelenas. Sie konnten es nicht fassen, und versprachen mir sofort, sich darum zu kümmern.

Natürlich gab ich ihnen alle Telefonnummern. Wir konnten im Augenblick nicht mehr machen. Die Fluglinie hatte alle Angaben von Jelena und uns.

Wie Andrzej uns mitteilte, haben sie von Polen auch alles versucht, selbst bei der Botschaft. Wir konnten nur abwarten. In den Nachrichten haben wir von keinem Verbrechen gehört, so gingen wir davon aus, dass sich alles aufklären würde, wie auch immer.

Vera als auch ich machten uns jetzt keine Vorwürfe mehr. Jelena hatte bei uns ihren Urlaub verbracht, und wir haben sie ordnungsgemäß abgeliefert. Wir hofften, dass unsere Freunde und Bekannten, die wir eingeschaltet hatten, uns bald mit der freudigen Botschaft überraschten, dass sie Jelena aufgespürt haben.

Die letzten Tage vergingen und unsere Heimreise stand an. Wieder in Deutschland stand unser Telefon nicht still. Andrzej und seine Familie ließen keine Ruhe. Vorwürfe, nichts als Vorwürfe haben wir gehört. Ich wollte schon das Telefon abstellen, doch Vera konnte mich davon überzeugen, dass sie die Anrufe nur aus Sorge um ihre Tochter machten.

So haben wir uns diesen Urlaub mit Jelena auch nicht vorgestellt. Dann erreichte uns ein Anruf von Henry aus Kanada. Er sah vielleicht eine Möglichkeit durch einen Bekannten, der Zahnarzt ist und sich in Toronto auskennt, etwas zu erfahren.

Mehr konnte er uns leider nicht sagen, doch es hörte sich vielversprechend an. Wir sollten die Ruhe bewahren und ihm vertrauen. Jetzt waren wirklich alle Personen, die uns helfen konnten, benachrichtigt.

Von Deutschland aus konnten wir kaum etwas erfahren, da erreichte uns ein Anruf aus Polen. Es war Tante Anni, die Mutter von Andrzej und seinem Bruder. Ihr ging es sehr schlecht und sie weinte am Ende der Leitung. Ihr zuzuhören war das, was wir tun konnten. Nach einiger Zeit ging ihr Weinen in Schluchzen über.

Was wir dann aber hörten, verschlug uns die Sprache. Von Andrzejs Bruder Marek und seiner Tochter war die Rede. Marek hatte zwei Kinder, den Sohn Jurek, und eben diese Tochter Alexandra. Und gerade diese Alexandra wusste nicht mehr weiter. In ihrer Verzweiflung hatte sie sich an ihre Oma Anni gewandt, mit der Bitte, ihr zu helfen.

Zu ihren Eltern konnte sie nicht gehen, sie hätten genau wie bei Jelena nichts verstanden und ihr nicht geglaubt. Sie waren der Kirche verfallen und glaubten nur das, was man ihnen eintrichterte. Ja, sie lebten auch danach.

Als wir Tante Anni hörten, die uns die gleichen Probleme erzählte wie damals Jelena, und dass ihr das auch während der Exerzitien in dem Kloster widerfahren war, lief uns ein Schauer über den Rücken.

Alexandra hatte, wie Jelena auch, erst alles in sich hineingefressen und mit niemandem darüber gesprochen. Sie hatte auch der Oma verboten, die Geschichte den Eltern zu erzählen. Tante Anni berichtete weiter, dass Alexandra immer in engem Kontakt mit Jelena war und wusste, warum Jelena sich uns anvertraut hatte.

Es war eine wohlüberlegte Geschichte, warum sie uns in USA besuchen wollte. Sie wollte vergessen! Niemand aus ihrer Familie sollte jemals davon erfahren. Aber als sich herausstellte, dass Jelena verschwunden ist, konnte Alexandra nicht mehr mit dem Geheimnis leben.

Sie hatte große Angst, dass sie das gleiche Schicksal erleiden würde. Sie wusste sich nicht mehr zu helfen und sich deshalb ihrer Oma anvertraut. Sie war für Alexandra die einzige Hoffnung, die ihr noch blieb. Tante Anni hatte für alles Verständnis und Alexandra hoffte, sie könne ihr helfen.

Das Telefongespräch wollte nicht enden. Zwischendurch weinte Tante Anni immer wieder, fing sich dann aber und berichtete weiter. Wir wussten ja von ihr, wie es ihr damals ergangen war und hatten volles Verständnis. Sie bat uns, nicht mit Andrzej darüber zu sprechen. Das sei eine Angelegenheit, die sie selbst mit ihren Söhnen klären muss.

Dann hörten wir auch von Tante Anni, dass sie während der Zeit, als Jelena bei uns in Urlaub war, Kontakt mit ihr hatte. Das haben wir nicht mitbekommen und wollten es gar nicht glauben.

Alexandra wusste auch von einer Lana aus Toronto, die doch mal eine Schulkameradin von Vera war. Für uns unbegreiflich, das sagten wir auch Tante Anni. Dann merkten wir, dass sie sich einigermaßen beruhigt hatte. Vera versprach ihrer Tante hoch und heilig sie sofort zu benachrichtigen, wenn es Neuigkeiten gab.

Danach beendeten wir das Gespräch und waren mit den Nerven fertig. Am nächsten Tag suchte Vera im Internet nach

Vorwahlnummern, mit denen man in die USA und nach Kanada günstiger telefonieren kann.

Ein normales Gespräch über den großen Teich wäre bei der eventuellen Gesprächslänge viel zu teuer. Sie hat einige Vorwahlen gefunden und wir riefen dann damit nach drüben an. Als Erstes rief Vera Lana in Toronto an, mit der Bitte um Hilfe. Sie hörte sich alles an und versprach, sich zu kümmern.

Wahrscheinlich rief sie in Chicago bei ihrem Freund, dem Piloten an, vielleicht hat er eher die Möglichkeit auch Passagierlisten anderer Airlines einzusehen, um herauszufinden was mit Jelena geschehen ist.

Seit ihrem Verschwinden waren nun schon einige Wochen vergangen und genau so lange haben wir nichts von Jelena gehört. Es war schon sehr sonderbar. Zumal Lana vorgab, nichts von Jelena zu wissen.

Ich konnte einfach nicht glauben, dass sie die Wahrheit sagte. Gab es da vielleicht ein Geheimnis?

Ich fragte Vera, ob sie sich ihrer Freundin in Toronto sicher sei, dass sie kein falsches Spiel mit ihr treibe. Diese Frage nahm sie mir übel.

Vera warf mir plötzlich vor, ihr kein Verständnis entgegenzubringen. Das konnte ich jetzt überhaupt nicht verstehen. Es änderte aber nichts an der Tatsache, dass Lana sich komisch verhielt.

Während des Telefonats bekam ich den Eindruck, Lana war es gar nicht recht über das Verschwinden von Jelena zu sprechen.

Mit Händen und Füßen machte ich mich bei Vera verständlich, Lana nicht zu informieren, wie weit wir mit unseren Recherchen sind. Ich hatte keine Lust, all das, was wir bisher erfahren haben, aufzudecken.

Es waren doch schon so viele Ungereimt-
heiten und die wollte ich nicht noch ver-
mehren.

Ich weiß nicht warum, aber auf einmal
vertraute ich Veras Freundin Lana nicht
mehr. Immer habe ich meiner Frau ver-
traut und ihr beigestanden, doch in diesem Fall wurde ich unsicher. An meinen
Verrenkungen merkte Vera dann aber
doch, dass sie unsere bisherigen Erfah-
rungen nicht weitergeben sollte.

So brach Vera das Gespräch mit einigen
Ausreden ab, ich war froh darüber. Während des Gesprächs hatte ich einige An-
rufversuche bemerkt und wir stellten
fest, dass die Anrufe von einer uns unbe-
kannten Nummer kamen. An der Vorwahl erkannten wir, sie kamen aus Kanada. Sofort schrillten alle Alarmsirenen.
Kanada!

Lanas Nummer war es nicht, aber ich
fand heraus, diese Vorwahl gehört zu
Vancouver, darum rief ich dort an.

Es dauerte nicht lange und ich hatte Rob an der Strippe. Rob war der Sohn unserer Bekannten in Vancouver und er kam gleich zur Sache. Das Gespräch letztens mit seiner Mutter hatte ihn stutzig gemacht.

Sie habe ihm berichtet, dass wir unsere Verwandte Jelena in Fort Meyers bis ans Gate zur Maschine nach Chicago begleitet hatten, sie aber nicht auf dem Weiterflug nach Deutschland gewesen sei. Er wollte sich schon vor längerer Zeit bei uns gemeldet haben, aber seine Nachforschungen waren nicht so leicht durchzuführen.

Folgendes kam dabei heraus. Er arbeitet schon eine geraume Zeit bei der kanadischen Einwanderungsbehörde, und hat Einsicht in alle Unterlagen dieser Behörde. Bei deren Prüfung ist ihm nie der Name unserer Jelena erschienen. Er hatte ja von uns die genauen Daten der Einreise in die USA, und auch den Tag der Ausreise.

Mit der amerikanischen und der kanadischen Einwanderungsbehörde gibt es schon seit etlichen Jahren eine Vereinbarung.

Wenn Personenschäden oder Vermisstenfälle gemeldet werden, haben beide Seiten die Möglichkeit in die entsprechenden Unterlagen beider Staaten Einsicht zu nehmen.

Das habe Rob in der Zwischenzeit getan, aber nur die Einreise in die USA gefunden und von einer Ausreise seien keine Unterlagen vorhanden. Das bedeute also, Jelena ist immer noch in den USA. Wenn kein Verbrechen gemeldet ist, muss sie noch auf dem Gebiet der USA sein.

Für uns war das erst einmal eine Beruhigung, hatten wir doch noch die Möglichkeit Jelena irgendwo zu finden. Wir bedankten uns bei Rob für seine Nachforschungen, baten ihn aber weiter nach Jelena zu suchen soweit es seine

Möglichkeiten zulassen. Das versprach er und gab uns den Rat, nochmals mit Toronto in Kontakt zu treten.

Wir riefen sofort in Polen an und berichteten Tante Anni, wie weit wir mit unseren Nachforschungen gekommen waren. Sie sagte uns, dass Andrzej sich ganz offiziell beim amerikanischen Customer-Service gemeldet hat, diese gebeten hat, nochmals genauestens zu prüfen, ob sie vielleicht bei der Ausreise etwas übersehen haben.

Auf eine Antwort warte er aber schon viel zu lange. Mittlerweile waren wieder Monate vergangen, und wir planten schon unsere nächste Reise nach Marco. Wir hatten vor einiger Zeit von Henry eine Einladung bekommen, ihn in Kanada zu besuchen.

Wir sollen einige Tage bei ihm, in seinem schönen Haus, verbringen. Wir hätten uns so viel zu erzählen, da wäre es doch angebracht, unsere Reise nach Florida zu unterbrechen. Anschließend könnten wir ja weiterreisen nach RSW.

Meine, ihm von Marco geschickten Unterlagen hätte er alle prüfen lassen. Dabei sei herausgekommen, dass zwischen uns keinerlei verwandtschaftliche Beziehungen vorhanden sind.

Wir sind zwar nicht verwandt, ihm aber sehr sympathisch. Er habe schließlich auf die Meinung seines Freundes Bertil gehört. Und einem Kennenlernen stünde nichts im Wege, meinte er.

Diese Überlegung, einen mehrtägigen Zwischenstopp in Kanada einzulegen, gefiel uns in dieser Situation gar nicht. Wir überlegten lange hin und her, entschieden uns dann doch sein Angebot anzunehmen.

Damit tauchte ein Problem für uns auf. Jahrelang sind wir meist mit einer amerikanischen Airline nach Atlanta geflogen, dort umgestiegen und weiter nach

RSW geflogen. Um nun bei Henry einige Tage zu verbringen, müssten war aber über Kanada nach Florida fliegen.

Dürfte eigentlich kein großes Problem sein, denn jetzt war Vera gefragt? Das war ihre spezielle Aufgabe. Sie managte alle Flüge und ich bin, ohne nachzufragen in den Flieger nach Florida gestiegen. Jetzt werde ich genauso handeln.

Das jetzt war für meine Vera Neuland. Wir sind vor etlichen Jahren einmal nach Kanada mit Canadian-Airlines geflogen. Im Flieger hörten wir über Lautsprecher, Canadian-Airline möchte wissen, ob heute jemand Geburtstag hat. Sie haben eine Überraschung. Prompt meldete sich Vera und bekam eine Flasche Champagner. Das werde ich nie vergessen!

Jetzt aber suchte Vera online nach entsprechenden Flügen.

Sie macht das schon, dachte ich, und sie schaffte es auch. DUS nach Toronto, es gab sogar einen Direktflug nach Florida, aber nicht nach RSW, sondern nach Miami. Kein Problem, den Weg kannte ich. Hat ja noch Zeit, dachte ich.

Erst müssen wir mal in Toronto landen, hoffentlich holt Henry uns dort ab. Extra einen Wagen mieten, hatten wir nicht geplant. So kam es dann auch, er holte uns am Airport ab und brachte uns gekonnt nach Sault Ste. Marie.

Auch hier waren wir schon bei einer früheren Reise. Der Empfang in seiner Familie war sehr herzlich, und wir fühlten uns sofort heimisch. Vielleicht lag es daran, dass Henry eigentlich aus unserer Heimat stammt.

Die wenigen Tage genossen wir, es gab viel zu erzählen. Als wir auf Jelena zu sprechen kamen, hatte Henry eine Idee: „Was meint ihr, wenn wir nach Toronto fahren und ich mich beim Zahnarzt, bei deiner Freundin anmelde, ich habe fürchterliche Zahnschmerzen?

Vera, du kommst dazu und dann wollen wir doch mal sehen, wie deine Freundin Lana auf dich reagiert. Wo ihre Praxis ist, kann ich schnell erfahren, ich melde mich an, ihr beide wartet im Wartesaal.

Ruft sie mich hinein, stelle ich mich etwas taub, solange bis sie selbst erscheint, und dann sieht sie euch. Was sagt ihr?"

Die Idee von Henry fanden wir gut, jetzt überlegten wir, an welchem Tag wir nach Toronto fahren. Lanas Zahnarztpraxis lag ganz in der Nähe des CN-Towers, dem Wahrzeichen Torontos.

Dort oben im Tower gibt es ein Drehrestaurant, das wir vor Jahren besucht hatten. Jetzt aber interessierte es uns nicht, wir wollten Lana überraschen, um zu erfahren, was sie bisher unternommen hat, um Jelena zu finden.

Henry hatte dann einen Termin für den nächsten Tag. Er hatte es dringend gemacht, einer seiner Zähne war beim Nüsse knacken locker geworden und die Schmerzen wären nicht auszuhalten.

Da in Kanada und auch in den USA nicht alle Menschen eine Krankenversicherung haben, bekommt man sehr schnell einen Termin. Das bringt ja dem Arzt richtiges Geld, wenn man bar bezahlen muss.

Ich glaube, wir waren noch nie so aufgeregt wie an diesem Morgen. Aber, als wir mit Henry die Praxis betraten, machte die freundliche Helferin große Augen, bei drei Personen.

Henry erklärte, dass er mit den Schmerzen nicht selbst den Wagen fahren konnte. Deshalb habe er seine Schwester mit Mann mitgebracht.

Das verstand sie dann auch, bat uns im Wartezimmer Platz zunehmen, wollte Henry aufrufen, sobald er an der Reihe ist. Wir hatten uns gerade einen Platz gesucht und nach einer Zeitung umgesehen, als Henry sich grinsend uns zuwandte, aber sofort wieder seine schmerzhafte Miene aufsetzte.

Es dauerte aber auch wirklich nur ein paar Minuten, als eine junge Zahnarzthelferin ins Wartezimmer kam. Sie sah sich suchend um, wollte einen Namen nennen, schaute dabei in unsere Richtung und erschrak.

„Nein, das glaube ich nicht, seid ihr es wirklich?" Mit aufgerissenen Augen starrten wir auf die junge Frau. Vor uns stand Jelena. Sie war total überrascht, hatte aber keine Probleme auf uns zuzukommen und uns zu umarmen.

„Ihr glaubt es nicht, wie froh ich bin euch zu sehen", kam es über ihre Lippen.

Von Angst oder Reue, keine Spur. Sie drehte sich um, gab uns einen Wink, und schon waren wir in einem Raum verschwunden. Die Tür wurde aufgerissen und Lana stürmte heraus, schnappte sich Vera, entschuldigte sich tausendmal, und erklärte unter Tränen, warum sie uns alle angelogen hat.

Als sie Henry bei uns sah und er sie anlächelte, wusste sie, dass es eine Finte war. Sie wusste, er hatte gar keine Schmerzen. Das habt ihr aber sauber hingekriegt, meinte sie. Dann hatte sie eine Blitzidee.

Da sie nicht allein die Praxis führte, entschuldigte sie sich kurz, nahm Jelena mit und war für einige Minuten verschwunden. Wir schauten uns an, wussten nicht, was das bedeuten sollte und warteten ab.

Nach wenigen Minuten kamen Lana und Jelena wieder, waren umgezogen und luden uns ein, mit ihnen in ein Restaurant zu fahren.

Wir hätten ja wohl eine Menge zu reden. Henry fuhr den beiden nach, als wir sahen, wohin sie fuhren, hörte ich Vera leise sagen, da waren wir doch schon. Wir fuhren nämlich in die Tiefgarage des CN-Towers.

Nachdem wir geparkt hatten, lud uns Lana ins Drehrestaurant, hoch oben im Tower ein. Wie einfach so, ohne Reservierung? Sie lachte nur und meinte, das hat meine Sprechstundenhilfe schon in der Zwischenzeit gemacht. Und abgesehen davon, mich kennen sie hier oben schon länger.

Mit dem Lift ging es dann an der Außenwand des Towers 351 Meter nach oben. Lana hatte recht, kaum waren wir aus dem Lift, kam uns schon ein freundlicher Kellner entgegen und begrüßte Lana sehr herzlich.

Hier oben, ca. 350 m über dem Meeresspiegel, hat man eine wunderschöne Panoramasicht über ganz Toronto. Während Lana noch Getränke bestellte, drehte sich das Restaurant langsam, aber sicher. Für eine volle Umdrehung, also 360 Grad brauchten wir 72 Minuten.

Wir hatten Fragen über Fragen, und beide, Lana und auch Jelena versuchten sie uns so gut es ging zu beantworten. Dabei war die wichtigste Frage an Jelena gerichtet, warum sie sich nicht bei uns und ihren Eltern gemeldet hatte.

Was der wahre Grund war, einfach abzutauchen, wussten wir beide ja. Beim letzten Telefongespräch von Jelena mit Lana hatte Jelena ihr doch alles in Polnisch erzählt. Jetzt sagte sie nun: „Es ging nicht anders, ich musste so handeln, sonst hätte es nie geklappt. So konnte Lana sich schon in Chicago um die Ausreise usw. kümmern. Es musste doch alles geheim bleiben.“

Denn nach Polen, in ihre Heimat, wollte sie nie wieder zurück. Die Ereignisse von damals habe sie mittlerweile verdrängt und wolle auch nicht mehr daran erinnert werden.

Ihren Eltern konnte sie immer noch nicht unter die Augen treten, sie schämte sich zu sehr. Es waren zwar viele Jahre vergangen und ihr Vater würde heute auch Verständnis haben, dass sie so reagiert hat.

Aber mit der Kirche, mit der sie doch alle in Polen leben und sich nicht davon lösen können, würde es ein großes Problem geben.

Daraufhin erzählte ich ihr von ihrer Oma, die uns kontaktiert hatte, und was wir von ihrer Cousine erfahren hatten. In Jelenas Gesicht war keine Regung zu erkennen. „Du hast es gewusst, oder?", sagte ich nur. Jelena nickte und schämte sich dafür.

„Ich habe immer Kontakt zu meiner Cousine gehabt, aber was sollte ich von hier dagegen machen? Sie tut mir leid, aber sie wird in Polen bleiben. Gut sei nur, dass sie sich wenigstens ihrer Oma geöffnet hat.

So kann sie damit besser umgehen. Erzählt hat sie mir das aber nie, ich habe es geahnt. Geahnt habe ich so einiges, es waren auch noch andere bei den Exerzitien, denen so etwas passiert war.

Deshalb musste ich auch da weg. Ich konnte mich schon nicht mehr im Spiegel ansehen. Jetzt bin ich aber damit endgültig fertig."

Sie sah mich an und lächelte dabei geheimnisvoll. Ich sagte ihr dann auch, dass wir alle Hebel in Bewegung gesetzt haben, sie zu finden. Sogar unser Bekannter in Vancouver, der bei der Einwanderungsbehörde zuständig für Kanada und die USA war, hat sie aber nicht ausfindig machen können.

Als sie das hörte, erschrak sie, schaute dabei ängstlich Lana an, doch Lana beruhigte sie sofort und meinte nur: „Es ist alles in bester Ordnung, keiner kennt dich hier und man kann dich so einfach nicht ausweisen.

Meine Freunde in Chicago haben alles bestens geregelt." Jelena atmete erst einmal richtig durch.

Jetzt hatte Lana meine Vermutung bestätigt, was ich schon lange glaubte. Die Cops aus Chicago, von damals in Fort Lauderdale, haben es damals schon geglaubt, dass es in Chicago eine Art Mafia für illegale Einwanderungen gibt.

Dieses hier war jetzt wohl der Beweis. Aber ich wollte nicht weiter nachbohren und eventuell zerstören, was Jelena sich aufgebaut hat.

Ich sah Lana an, sie aber tat so, als wüsste sie von nichts. Jelena bat uns ihren Eltern nichts zu sagen, denn wenn ihr Vater sie hier in Toronto ausfindig machte, würde er alles versuchen sie zurückzuholen.

Dass er aber mit der Kirche in Polen brechen würde, wenn er die Wahrheit erführe, das glaubte sie nicht. Deshalb sollten wir uns besser aus allem heraushalten. Die Zeit werde es schon bringen, sich ihren Eltern zu offenbaren.

Wir waren alle fünf so vertieft in unser Gespräch, und wir gar nicht bemerkten, dass sich unserem Tisch ein junger Mann genähert hatte. Er wartete nur darauf, dass sich Jelena zu ihm umdrehte. Als das dann geschah, sah ich Jelena aufspringen und dem jungen Mann um den Hals fallen.

Was war denn jetzt los? Sie küssten sich, Jelena strahlte bis über beide Ohren, wurde sogar etwas rot und sagte dann zu uns, das ist Peter, mein Freund. Peter begrüßte uns, gab allen die Hand und entschuldigte sich für sein Erscheinen.

Jelena wusste nichts von seinem Kommen, Lana dagegen schon. Sie hatte Peter heimlich eine Nachricht geschickt, und ihn gebeten, hier zu erscheinen. Sie erzählte uns, dass sie Peter bereits in Chicago kennengelernt hat, und es bei beiden sofort gefunkt hat. Seit der Zeit sind sie zusammen.

Peter ist sogar nach Toronto gezogen, mithilfe von Lana haben sie eine Wohnung bekommen und jetzt wollen sie ihre gemeinsame Zukunft planen. Auch das sollen wir nicht nach Polen weitergeben, nur ihrer Oma würde sie es schon gerne sagen, nachdem sie das jetzt von ihrer Cousine weiß. Oma würde schon die richtige Zeit erkennen, und meine Geschichte meinen Eltern vorsichtig beibringen.

Ihr Freund Peter arbeitet auch in einem Dental-Labor und wenn alles gut läuft in Zukunft, wollen sie, mit Unterstützung Lanas, später ein eigenes Labor für Dental-Technik eröffnen. Für mich stand fest, Jelena wird niemals mehr nach Polen zurückgehen.

Es war der Zeitpunkt gekommen, dass wir uns von Lana, Jelena und Peter verabschieden mussten. Wir hatten noch eine Strecke vor uns, um nach Sault Ste. Marie zu kommen. Zwei Tage später ging unser Flug weiter nach Florida.

Die Zeit bei Henry und seiner Familie genossen wir, doch langsam wurden wir nervös, denn eigentlich wollten wir, wie immer in den vergangenen Jahren, zwei Monate auf Marco bleiben.

Dieses Jahr haben wir nur wegen Jelena eine Ausnahme gemacht. Dass wir dabei auch mit Henry bei unserer Suche nach unseren Wurzeln nicht weiterkamen, hat mich schon etwas traurig gemacht, doch auch daran konnten wir leider nichts ändern.

Aufgeben, das war nicht meins. In den Jahren vorher haben wir jede Chance genutzt, um über unsere Wurzeln Klarheit zu erlangen, bedauerlicherweise war es uns bisher nicht vergönnt. In unserem Condo auf Marco angekommen, konnten wir die Geschichte mit Jelena aufarbeiten, was uns nicht leichtfiel.

Als wir sie dann im CN-Tower wieder-
sahen, ahnte ich, dass sie auf dem Flug in
ihre Heimat mit sich selbst nicht im Reinen war. Ich konnte mir nur annähernd
vorstellen, wie sich ein Mensch fühlt,
dem etwas so Vernichtendes passiert
war, wie Jelena.

Ich glaube aber, dass beim Telefonat mit
Lana in ihrer Muttersprache, sie sich den
ganzen Frust von der Seele geredet hat.
Sie hatte Vertrauen zu Lana, weil diese
doch eine Schulfreundin von Vera war.

So war es dann ja auch. Sonst wäre diese
Vertrautheit der beiden nicht zustande
gekommen.

Was wir in Toronto sahen, war nur die
Schlussfolgerung dessen. Nach reifli-
chem Überlegen entschieden wir uns
dann doch, Tante Anni von den Neuigkeiten zu berichten. Vera rief dann in Polen an und hatte, kaum dass der Ruf
durchging, sofort Tante Anni in der Leitung.

Ohne auch nur ein Wort zu sagen, fragte sie Vera: „Du rufst mich hoffentlich an, um mir zu sagen, du hast Jelena gefunden."

Wir waren überrascht und konnten im ersten Augenblick ihr auf diese Frage keine Antwort geben. Vera schaute mich mit aufgerissenen Augen an, als wolle sie sagen: „Hat meine Tante mich abgehört, oder kann sie hellsehen?"

Dann, nach einigen Sekunden hatte Vera sich wieder gefangen und begrüßte ihre Tante mit aller Herzlichkeit.

„Sag mir sofort, was du weißt", hörte ich Tante Anni an der anderen Seite der Strippe. „Vera, was ist los?"

Ja, jetzt musste Vera ihr alles sagen. Sie war froh, dass Jelena erlaubt hatte, ihrer Oma könne sie reinen Wein einschenken. Aber ihren Eltern dürfe sie nichts sagen, das macht schon die Oma, wenn die Zeit reif dafür ist.

Dann erzählte Vera ihrer Tante alles, wirklich alles was sie bisher über Jelena und ihre „Flucht" wusste.

Manchmal wurde sie von Tante Anni unterbrochen, in dem sie Vera Fragen stellte. Ich kannte meine Frau genau und wusste, sie wurde ruhiger, je mehr sie preisgab.

Wir merkten aber an Tante Annis Reaktionen, unbemerkt hatten wir das Telefon auf Raumklang gestellt, um sie besser zu verstehen, dass sie oft schwer atmete und mit sich kämpfte, nicht aufzuschreien.

Auch sagten wir ihr eindringlich, natürlich auf Jelenas Bitte hin, nicht sofort bei ihrem Sohn mit der Tür ins Haus zu fallen, sondern erst alles in Ruhe zu überdenken. Wenn der richtige Zeitpunkt gekommen sei, kann sie ja Andrzej davon berichten. Ihrem Sohn soll sie nur sagen, Jelena wurde gefunden und es gehe ihr gut.

Dann verabschiedeten wir uns von Tante Anni ein letztes Mal. Beendeten das Gespräch, und waren froh, dass endlich die Geschichte ein gutes Ende genommen hat.

Die nächsten Tage genossen wir in unserem Feriendomizil in Florida auf Marco Island. In den letzten Tagen kamen wir auch noch einige Male mit Bertil zusammen und baten ihn, sollte er etwas Neues von Henry erfahren, uns, ohne zu zögern, zu benachrichtigen.

Mit Henry hatten wir verabredet, dass er weiter forschen soll. Er hat ja alle Unterlagen und weiß genau, wonach er suchen soll. Wir hatten bis jetzt leider kein Suchergebnis, aber aufgeben? Nein!

Darum habe ich nochmal mit Rob aus Vancouver geredet, und ihn gebeten im Einwanderungs-Melderegister beider Staaten genau zu forschen, ob nicht doch irgendetwas übersehen wurde, Rob versprach uns, nicht aufzugeben.

Unsere wunderbare Zeit auf Marco war dann bedauerlicherweise, ungünstiger Weise auch wieder vorbei. Für den Rückflug ging es, wie immer, von Fort Myers über Atlanta nach Düsseldorf.

Wir hatten uns von dieser Reise eigentlich mehr versprochen, aber was solls, forschen wir weiter.

Vielleicht haben wir bei dem nächsten Aufenthalt auf Marco Island mehr Glück.